U0365974

吴飞 著

生命的深度

《三体》的哲学解读

三联书店

图书在版编目（CIP）数据

生命的深度：《三体》的哲学解读／吴飞著．—北京：
生活·读书·新知三联书店，2019.8
ISBN 978-7-108-06626-8

Ⅰ．①生… Ⅱ．①吴… Ⅲ．①科学幻想小说－小说研究－
中国－当代 Ⅳ．① I207.42

中国版本图书馆 CIP 数据核字（2019）第 100178 号

责任编辑 冯金红
装帧设计 蔡立国
责任印制 宋 家
出版发行 **生活·讀書·新知** 三联书店
　　　　　（北京市东城区美术馆东街 22 号 100010）
网　　址 www.sdxjpc.com
经　　销 新华书店
印　　刷 河北鹏润印刷有限公司
版　　次 2019 年 8 月北京第 1 版
　　　　　2019 年 8 月北京第 1 次印刷
开　　本 880 毫米×1092 毫米 1/32 印张 5.625
字　　数 103 千字
印　　数 00,001－15,000 册
定　　价 40.00 元
（印装查询：01064002715；邮购查询：01084010542）

目　录

自　序

对科幻小说，我本来没有特别的兴趣。刘慈欣和《三体》的名字在我耳边响过很多年，我既提不起兴趣，更找不到时间来读。直到2017年秋季，我写完了与丁耘兄讨论"生生"的文章，稍微轻松一点，才第一次翻开了《三体》的电子版，出乎意料地被它征服了。小说的文字虽然不算精致，人物塑造也并非完美，情节设计也不无瑕疵，但史诗般的故事和深刻宏大的思考，却远非我听到的各种评价所能穷尽。读完《三体》之后，我也读了刘慈欣的几本小说集，其宏大虽未必比得上《三体》，但对许多根本问题的思考也相当惊人。《乡村教师》中的乡村师生、《中国太阳》中的打工生活、《地火》中的山西煤矿、《镜子》中的官场百态、《全频干扰》中的战争场面，好像不是出现在科幻小说中，甚至比起许多现实主义作品都更加真实，散发出浓重的泥土气息。然而，这些活生生的中国故事，却呈现在对茫茫太空的想象之中，与整个宇宙的命运息息相关，从各个角度追问着人类的未来、地球的毁灭、时空的本质、宇宙的意义和目的等终极问题。他的宇宙想象，又被称为"硬科幻"，即不是凭空想象的未来世界，而是建立在扎扎实实的物理学理论之上，这就更加难能可贵。以真正的生活经验面对真实的人类问题，这便是刘慈欣最吸引我的地方。

但在读了这些小说之后，我也还没有想到《三体》与"生生"有什么关系，更没有定意为它写一本书。一年之后，我又被一大堆文债压得喘不过气来的时候，赵汀阳老师约我和立华兄写文章讨论《三体》中的哲学问题，在《哲学动态》上组一个专题。这时距离我被刘慈欣的小说感动已经很久了，兴趣早就慢慢淡了下去。直到寒假，我到香港道风山基督教丛林访问，山上静悄悄的，几乎没有什么人，十字架前空空荡荡，只有一群猴子跑来跑去，羞涩的野猪偶尔出来觅食。天气虽然不怎么晴朗，却也让我得到了近年来难得的一小段悠闲，就把《三体》重读了一遍，这一遍比第一遍感触多了很多，于是开始动笔写《哲学动态》约稿的文章，就是本书第一部分。当时的想法很简单：人们都说《三体》中的黑暗森林是对霍布斯自然状态的重写，但其中也有和霍布斯不一样的地方，这些差别到底意味着什么？反复参详，我越来越觉得，刘慈欣和霍布斯之间的差别很可能意味着相当重大的不同，指向的是完全不同的思考方向。我很怀疑刘慈欣在写小说的时候，真的想到了霍布斯。书中不断提到的是达尔文，也谈到了不少其他的启蒙思想家，却唯独没有谈霍布斯。与霍布斯的这种异同，很可能都不是自觉的，而是沿着故事的脉络自然发展出来的。真实的生活经验面对真实的问题，就会产生真实的哲学思考。《黑暗森林》中白蓉讲的小说理论，应该是每个有过写作经验的人都心有戚戚的，更应该是刘慈欣的真实经验。一部伟大的小说，其中的问题当然是有哲学深度的问题，更何况，刘慈欣自己也多次有意识地提到终极问题。

在道风山的那几天，我自己似乎也进入了这种写作状态。每天早晨锻炼两个小时之后就开始写作，写到下午三四点钟，然后下山上山走一趟，回来再写，有几天每天都能写一万多字，已经远远超出一般期刊论文的篇幅，而自己想到的问题，也早已经超出了我的控制，思之所至，欲罢不能。而我也这才意识到，小说的核心问题，正是我这些年最关心的生命问题，"宇宙很大，生命更大"这句话，其味无穷。

后来又从道风山去台湾，然后回到北京，把《哲学动态》的文章交稿之后，又把《三体》从头到尾读了一遍，感觉渐渐清晰起来，越来越觉得，书中所讲关于生命的故事，和我正在思考的性命哲学非常契合，可以帮助我解决不少问题。在年末三联的聚会上，见到了赵汀阳老师，和他以及三联的朋友们谈起读《三体》的感受，就决定暂停其他工作，把这些想法写下来。其后的一个月时间，虽值过年，事务也并不繁冗，便陆陆续续写了九万多字，可以算一本小书了。写完后正好开学，再把《三体》读一遍，然后略作修改，就将这本书稿交给了冯金红。然后，再回到常规的备课和研究当中，虽有些耽误，却也帮我梳理了一些重要问题，增加了许多新的思考角度。

早在很多年前研究自杀问题的时候，阿甘本的生命理论就成为我思考的出发点。生命与生活究竟有何区别？存在与生命到底有什么关系？哈姆雷特问题到底该怎样翻译和理解？近两年来重新审视生生与性命问题，当年的这些疑问又不断敲击着我的思考。对《三体》的反复研读使我意识到，这正是小说呈现出的思想面向，虽然不一定是刘慈欣自己有意为之的——伟大作品的意义往往会溢出作者的构想，这是司空见惯的事了。霍布斯自然状态中赤裸裸的生命逻辑，在黑暗森林中虽然呈现得更加恐怖，但当这个故事讲圆的时候，却是与霍布斯完全不同的风景。正如光速飞船留下的航迹虽然会暴露地球的位置，很多光速飞船同时起飞就能成为安全声明，当自然状态变成黑暗森林的时候，我们读到的不只是恐怖，还有生命的节律。同样的物理学理论，同样的宇宙模型，但带着不同的生命体验去理解，就是完全不同的生活世界。虽然物理世界未必就是不自然的，但绝不是只有一种讲述的方式。以我们的方式讲出一个全新的世界历史，这应当是我们和刘慈欣共同的处境和希望。

在道风山的时候，一边读书，一边写下几句歪诗。不揣浅陋，录在这里，算是对这段思考的一个纪念：

猿啸高天十字前，奇书展卷丛林边。
未期昨夜弹星客，谁悟他年破壁禅。
存亡怅恨千载梦，恩怨迷离一丝烟。
今古上下何堪寄，大德生生是自然。

近闻丁耘兄的《道体学引论》即将付梓，这本小书，或亦可看作我的"性命论导引"吧。

己亥仲春
识于仰昆室

第一章 宇宙很大，生命更大

一 从自然状态到黑暗森林

《三体》的作者一再说，小说中讨论的是终极问题。真正的终极问题只有一个，那就是生命，而这正是《三体》的主题："宇宙很大，生命更大。"

这是什么意义上的生命？阿甘本曾注意到希腊文中表示生命的两个词：ζωή 和 βίος。[1] 现代西文里很难区分这两个词，但中文却可以，前者可译为生命，后者可译为生活。生命指的是纯粹生物性地活着，而生活指的是有善恶区分的生活方式。亚里士多德在《政治学》中（1252b30）有一句著名的话："人类为了生命而生，却以好的生活而存在。"（γινομένη μὲν τοῦ ζῆν ἕνεκεν, οὖσα δὲ τοῦ εὖ ζῆν.）但在阿甘本看来，现代主权理论，却建立在

---

〔1〕 Giorgio Agamben, *Homo Sacer: Sovereign Power and Bare Life*, p.1.

赤裸生命（bare life）的关心之上，即没有任何好坏形容的纯粹生命。霍布斯对自我保存的强烈关注，既是这一传统的结果，也开启了恶劣的先例。贯穿《三体》的黑暗森林理论，正是霍布斯自然状态学说的宇宙版本。

罗辑在思考这个理论的时候，想到了达尔文，认为宇宙中的生存状态很像进化论中物竞天择、适者生存的状态。而达尔文为各物种所设置的这一命题，在根本上就是霍布斯哲学在自然界的延伸。[1]所以，宇宙中智慧生物之间的关系，背后潜藏着的就是霍布斯政治哲学。也正是在把自然状态放大到宇宙范围的时候，小说中触及了霍布斯未能看到的许多东西。

按照叶文洁最初的描述，宇宙社会学有以下两条公理：

第一，生存是文明的第一需要；

第二，文明不断增长和扩张，但宇宙中的物质总量保持不变。（Ⅱ.5）[2]

────────────

[1] 参考吴飞，《人伦的"解体"》，北京：生活·读书·新知三联书店，2017年版，第244页以下。

[2] 本书所引《三体》三部曲的原文，均出自重庆出版集团&重庆出版社的第一版，即《三体》，2008年版；《三体·黑暗森林》，2008年版；《三体·死神永生》，2010年版。以下的引文中，以罗马数字Ⅰ、Ⅱ、Ⅲ指代部数，以阿拉伯数字指代页码，不另行注出。此外，笔者也参考了同家出版社2017年出版的纪念版。

还有两个重要概念：猜疑链和技术爆炸。

后来，罗辑对这个理论有一个更系统的描述：

> 宇宙就是一座黑暗森林，每个文明都是带枪的猎人，像幽灵般潜行于林间，轻轻拨开挡路的树枝，竭力不让脚步发出一点儿声音，连呼吸都小心翼翼……他必须小心，因为林中到处都有与他一样潜行的猎人。如果他发现了别的生命，不管是不是猎人，不管是天使还是魔鬼，不管是娇嫩的婴儿还是步履蹒跚的老人，也不管是天仙般的少女还是天神般的男孩，能做的只有一件事：开枪消灭之。在这片森林中，他人就是地狱，就是永恒的威胁，任何暴露自己存在的生命都将很快被消灭。（Ⅱ.446—447）

人类花了几百年，经过耗资巨大的面壁计划和惨烈的末日之战后，才慢慢理解和接受了这套理论，并据此建立了与三体世界之间的威慑平衡。而罗辑的这段描述，也正适用于霍布斯的自然状态。在《利维坦》第13章，霍布斯充分描述了自然状态中的这种情形：

> 任何两个人如果想取得同一东西而又不可能同时享用时，彼此就会成为仇敌。他们的目的主要是自我保存，有时则只是为了自己的享受；在达到这一目的的过程中彼此都力图摧毁或征服对方。这样就

出现一种情形，当侵犯者所引为恐惧的只是另一人单枪匹马的力量时，如果有一个人种植、建立或具有一个方便的地位，其他人就可能会准备好联合力量前来，不但要剥夺他的劳动成果，而且要剥夺他的生命或自由。而侵犯者本人也面临着来自别人的同样的危险。由于人们这样互相疑惧，于是自保之道最合理的就是先发制人，也就是用武力或机诈来控制一切他所能控制的人，直到他看到没有其他力量足以危害他为止……在没有一个共同权力使大家慑服的时候，人们便处在所谓的战争状态之下。这种战争是每一个人对每一个人的战争。……人类的欲望和其他激情并没有罪。在人们不知道有法律禁止以前，从这些激情中产生的行为也是同样无辜的；法律的禁止在法律制定以前他们是无法知道的，而法律的制定在他们同意推定制定者前也是不可能的。[1]

霍布斯也由此推出了最基本的自然法（*lex naturalis*）："禁止人们去做损毁自己的生命或剥夺保全生命的手段的事情，并禁止人们不去做自己认为最有利于生命保存的事情。"[2]

---

〔1〕霍布斯，《利维坦》，黎思复、黎廷弼译，北京：商务印书馆，2013年版，第93—96页，译文略有改动。
〔2〕同上书，第98页。

霍布斯的自然法与叶文洁-罗辑的宇宙社会学虽然表述不同，但之间有非常大的相通之处。宇宙社会学公理一的基本内容就是霍布斯最基本的自然法，都以生存为第一原则。宇宙社会学的公理二，即资源有限，而文明不断扩张，霍布斯没有给以同样高的地位，但在描述中也当作了一个必要条件："任何两个人如果想取得同一东西而又不可能同时享用。"猜疑链，也是霍布斯理论中一个非常重要的因素：在没有法律限制的时候，对于每个他人的潜在威胁，他只能自己判断，而最安全的方式，就是假定周围的人都是潜在的危险，从而先发制人，尽快消灭之。每个人都处在这样的猜疑中，没有更高的权威来裁决，就会陷入战争状态。

但在两种理论之间，有两个看似微小的差别。第一，宇宙社会学没有自然法的概念，而只谈"需求"。第二，自然法学说不谈技术爆炸。

霍布斯依据的是经院哲学以来的自然法传统，将这种自我保存称为自然法，随后就说明，要在法（*lex*）和权利（*jus*）之间做出区分："权利在于做或者不做的自由；而法则决定并约束人们采取其中之一。所以法和权利的区别，就像义务与自由的区别一样，两者在同一事物中是不相一致的。"[1] 自我保存，是一个人的基本权利；

---

[1] 霍布斯，《利维坦》，黎思复、黎廷弼译，北京：商务印书馆，2013年版，第98页，译文略有改动。

不得剥夺他的自我保存权利，就是法。因而，自我保存既是最基本的自然权利，也是第一条自然法，法是基于权利，是对权利的保护，是社会得以维持的基本保障。由这一条，霍布斯马上就可以推出其他的自然法：为了避免进入战争状态，人们要自愿放弃战争权利，将它交给公认的第三方，缔结社会契约，保证和平社会。但宇宙社会学的第一公理所谈的，只是每个文明都有生存（即自我保存）的需要，是一种本能。这种本能是正当的，却不可能转化成法。在茫茫宇宙之间，并不存在立法的第三者，无法制订一个保证和平的社会契约。

另外，在谈所有这些之前，霍布斯花了很大力气来论证，无论男人还是女人，无论精神还是身体，人们的力量相差无几，是大致平等的。这种平等，是他进一步讨论战争状态和自然权利的前提。但在宇宙社会学中，这一前提是不存在的。文明之间并不平等，其差别就像地球上的各物种之间那样，甚至达到界一级（Ⅱ.445），所以罗辑首先会想到达尔文，而且每个文明也无法真正了解其他文明的实力。特别是在漫长的文明演化中，随时可能发生的技术爆炸，使文明之间更无法猜测彼此的进化程度：

技术飞跃的可能性是埋藏在每个文明内部的炸药，如果有内部或外部的因素点燃了它，轰一下就炸开了！地球是三百年，但没有理由认为宇宙文明中人类是发展最快的，可能其他文明的技术爆炸更为迅猛。我比你弱小，在收到你的交流信息后得知了你的存在，我们之间的猜疑链就也建立了，这期间我随时都可能发生技术爆炸，一下子远远走在你的前面，变得比你强大。（Ⅱ.445）

技术爆炸增加了彼此之间的模糊度，使猜疑链变得更加牢不可破。

这两个看似微小的差别，使宇宙社会学构建了一个更加彻底的黑暗森林。《利维坦》甫一问世便备受诟病，霍布斯被当作邪恶的代名词，因为他所描述的那个丛林状态过于恐怖，他所理解的人性过于黑暗，但和刘慈欣所写的黑暗森林比起来，简直是小巫见大巫了。毕竟，邪恶的霍布斯之所以设定所有人对所有人的战争，还是为了通过法律和社会契约结束战争状态，使人们能够安全地走出丛林状态。然而，刘慈欣的黑暗森林却不存在建立社会契约的可能性，不可能产生一个制定法律、执行正义的宇宙级政府，人们对宇宙越是深入了解，就越是感到黑暗无比，"这一切，暗无天日。黑暗森林状态对于我们是生存的全部"（Ⅲ.470）。霍布斯所描述的地球上的丛林状态与利维坦，只不过是黑暗森林的一个角落，是宇宙社会学的一个特例，就像牛顿物理学只是爱因斯坦物理学的一个特例一样。

二　黑暗森林的层次

黑暗森林包含三个层次：第一个层次，是个人与个人之间的丛林状态，这就是霍布斯所描述的状态；第二个层次，是国家与国家之间的战争状态，这是国际法所处理的层次，霍布斯的理论已经不能完美地处理；第三个层次，才是标准的黑暗森林，即宇宙中各个文明之间的战争状态。

先来看第一个层次。在小说中，每到大的危机出现，人们面临非常稀缺的资源或生存机会的时候，就非常像霍布斯描写的战争状态，大低谷、末日战争、澳大利亚大移民、假警报事件，都使人们几乎回到自然状态。比如在澳大利亚大移民中，四十多亿移民挤在这块大陆上，资源极度紧缺，整个社会惶惶不安，移民相继洗劫了悉尼和堪培拉，甚至爆发了战争。剧烈的战争状态使"所有人都渴望秩序和强有力的政府"，但又不可能通过自愿的方式达成社会契约，甚至军队和警察都无法维持秩序。智子只能通过最原始的执法方式，杀一儆百，强迫人类"重新学会集体主义，重新拾起人类的尊严"（Ⅲ.158）。她的这句话成为主流口号，"包括法西斯主义在内的形形色色的垃圾，从被埋葬的深坟中浮上表面成为主流"，"集在这块大陆上的人类社会像寒流中的湖面一样，一块接一块地冻结在极权专制的坚冰之下"（Ⅲ.162）。从战争到秩序的这个过程，最符合霍布斯的模式，因为其冲突是在个人层面展开的。在大移民完成之后，澳大利亚的电力设施被全部摧毁，人类无法大规模生产粮食，四十一亿人面临被饿死的危险，智子却对他们说："每个人看看你们的周围，都是粮食，活生生的粮食。""生存本来就是一种幸运，过去的地球上是如此，现在这个冷酷的宇宙中也到处如此。但不知从什么时候起，人类有了一种幻觉，认为生存成了唾手可得的东西，这就是你们失败的根本原因。进化的旗帜将再次在这个世界升起，你们将为生存而战。"（Ⅲ.170）这是人为制造的一个自然状态，使人们陷入不得不相互杀戮的境地。

再如，在广播纪元中，人类曾因为一次黑暗打击的误报而陷入混乱，纷纷准备乘坐太空穿梭机逃离，在停机坪上排队等候。但有人为了尽快逃命，竟然不顾他人的生命直接起飞，导致穿梭机周围多人死亡。这也是重新陷入战争状态的一个例子。

这两个例子，都是个人之间为争夺资源和生存机会而导致的战争状态，因而最适用于霍布斯的理论，也适用于达尔文的进化规则。只要有一个能够有效维持秩序的强有力政府，无论是民主还是集权，就可以结束这种战争状态，按照一定规则安排资源分配，将自然状态导入和平状态与有序社会，并对擅自争夺资源、伤害他人者施加惩罚。

但如果进入第二个层次，即国家或准国家集团之间的战争状态，霍布斯的解决方式就面临挑战了。按照自然权利和自然法理论，个体缔结社会契约，将本来具有的自我保存权利转让给主权，主权承担了这些权利，负责保护缔结契约的每个个体。但自然状态并没有消失，而是由个人身上转到了主权上面。国家与国家之间依然处于自然状态，要随时防范其他国家对自己的生存威胁，彼此之间仍然处在敌对的战争状态当中。因而，国家与国家之间同样需要一个社会契约，需要一个共同遵守的法律，以保证和平，这就是现代国际法的理论基础。但在实践当中，国家与国家之间的战争状态却远远不像个人之间的战争状态那么容易消除。除非是最终合并为一个超级国家，就像美国的联邦政府那样，对成员国有实质的执法权力，否则，这种国际法就形同虚设。因为决定一个国家是否遵守它进入和平状态的，仍然是国家利益和实力，而不是国际法的法律力量。所以，历史上出现过的国际联盟和联合国，对其各成员国的约束，都不可能像一个主权国家约束其公民那样有效。

在《三体》中，我们也可以清楚地看到这样的例子。在面对三体危机时，地球上各国真正考虑的仍然是自己的利益，仍然利用一切机会壮大自己，以求得进一步的霸权。在澳大利亚大移民之时，当各国人民建立了自己的集权政治之后，"国家间的冲突频繁起来，开始只是为了抢夺食品和水，后来发展到有计划地争夺生存空间"。澳大利亚最终能够维持国际秩序，也并不是因为什么法律力量，而是靠了强大的武力，"现在除了澳大利亚，各国军队甚至连冷兵器也不可能做到人手一把"（Ⅲ.163）。

黑暗战役，是小说中展现黑暗森林理论的关键情节。末日之战后，人类仅有的七艘太空战舰沿着两个方向飞离太阳系。"自然选择"号、"蓝色空间"号、"企业"号、"深空"号、"终极规律"号组成了星舰地球，而且召开了公民大会。但尚未确立其政府形态，五艘战舰之间就因为争夺资源而爆发了战争。"我们这五艘飞船与任何世界都没有联系，我们周围除了太空深渊什么都没有了。"（Ⅱ.410）这种处境使人们的精神状态发生了根本的变化，"人将变成非人"。面对不可知的漫长航行，舰上的燃料和配件都有限，只够一艘战舰的使用，因而就必须消灭其他的战舰，抢夺他们的资源。大家都知道，这想法太邪恶了，"我们变成魔鬼了"。虽然感觉自己很邪恶，但无法终止这样想下去，因为无法确定别人是否有同样邪恶的想法。"这是一个无限的猜疑链：他们不知道我们是怎样想他们怎样想我们怎样想他们怎样想我们怎样……"（Ⅲ.417）"一部分人死，或者所有人死，这是太空为星舰地球设定的生存死局，一堵不可逾越的墙，在它面前，交流没有任何意义。"（Ⅲ.418）许多人精神崩溃，"终极规律"号舰长自杀。黑暗战役终于爆发，"蓝色空间"号最终消灭了另外四艘战舰，收集了他们的聚变燃料和各种部件，成为星舰地球的全部。而在太阳系的另一侧，"青铜时代"号以同样的方式消灭了"量子"号。

黑暗战役全景展示了黑暗森林的可怕。虽然太空深渊这个处境使它们与地球上国与国的冲突有所不同，但这与标准意义上的宇宙黑暗打击还是不一样，因为五艘战舰毕竟不是互不知情的宇宙文明，而是共同来自地球，不仅有着相同的技术水平和精神状态，而且还曾经相互协商，共同建立星舰地球。按照星舰地球刚刚成立时的构想，这似乎是一个统一的国家，应该有统一的政府和宪法。但五艘战舰毕竟是分开的，是五个独立的集体，为各自的生存负责，这个共同体对它们并无有效的约束力，它们之间更像国与国的关系，黑暗战役展示了国际法的无力。

　　更加耐人寻味的，是地球社会对黑暗战役的态度。与三体世界建立黑暗森林威慑后，太阳系发出电波信息，引诱"青铜时代"号和"蓝色空间"号返航。当"青铜时代"号回到太阳系后，上面的所有人员都被解除了武装，遭到逮捕和审判，大部分因犯反人类罪和谋杀罪而被判刑。舰上军官史耐德却借着回舰交接的机会，拼死向"蓝色空间"号发出警示："不要返航，这里不是家。"（Ⅲ.88）读到这里，可能不少读者会为"青铜时代"号鸣不平，但若深入思考，法庭对"青铜时代"号的审判是完全正当的。从地球文明的角度看，既然"青铜时代"号同意返航，他们就仍然是地球社会的成员，就必须遵守地球上的法律，既然杀害了无辜的人，那就需要接受法律的处罚。法律没有理由认为他们进入了黑暗森林中的自然状态，也不认为他们构成了一个单独的国家，而是把舰上的每个人仍然当作公民来看待，他们都是犯了杀人罪的人类。如果法律赦免了他们，法律就形同虚设。这就是为什么，书中一再强调，太空中的他们已经脱离了地球人类，因为只有脱离了地球，他们才不再受地上法律的约束，才是黑暗森林中的一个行为主体。在接受审判时，史耐德、洛文斯基和斯科特，虽然一再强调当时情势的不得已，却也承认，太空已经使他们变成了非人。斯科特舰长的最后陈述颇能说明问题：

> 我没有太多可说的，只有一个警告：生命从海洋登上陆地是地球生物进化的一个里程碑，但那些上岸的鱼再也不是鱼了；同样，真正进入太空的人，再也不是人了。所以，人们，当你们打算飞向外太空再也不回头时，请千万慎重，需付出的代价比你们想象的要大得多。（Ⅲ.87）

这段不长的话里包含了相当复杂的情感：既有面对法律的无奈和不甘，也有对太空生活的不堪回首，却也隐隐透露着一种虽然受到法律的判决，但毕竟回到家成为有法可依的文明人的释怀。他们不再把地球当作家，就会陷入无边的黑暗森林；要重返地球家园，就要接受法律的约束。

三　宇宙层面的黑暗森林

第三个层次，才是严格意义的黑暗森林，是无论霍布斯还是现代国际法都不曾处理的，却是同一逻辑的自然延伸。地球一旦与三体世界建立联系，就不可避免地进入了这个黑暗森林，三体世界的监听员警告人类不要回答："你们的方向上有千万颗恒星，只要不回答，这个世界就无法定位发射源。如果回答，发射源将被定位，你们的文明将遭到入侵，你们的世界将被占领。"（I.203）

两个文明之间的通信还不足以向整个宇宙暴露地球的坐标，但使地球与三体之间进入了生存竞争。这种竞争也不是绝对意义上的黑暗森林，更像是国际竞争的升级版。从两个文明接触之初，地球人就主动向三体世界全面介绍了自己的文明；而地球人对三体文明并没有太多了解，但很快就知道了三个恒星造成的生存困境。正要摆脱生存危机的三体文明希望征服和占领地球，更多来自一种偶然性，但这种偶然性使对资源和生存机会的争夺变得更加尖锐，更加无可逃避。虽然三体文明的技术水平远远高于地球，但三体世界意识到："他们也是好战的种族，很危险。当我们与其共存于一个世界时，他们在技术上将学得很快。"（I.268）技术爆炸与猜疑链，已经充分展露其力量。

由于对地球文明可能的技术爆炸的猜疑，三体世界用智子锁住了人类的基础科学；面对三体世界的入侵，地球世界筹划了种种防御措施。真正能够结束这种战争状态的，只能是对黑暗森林理论的运用，建立对三体世界的威慑：随时都可能向宇宙广播三体世界的坐标，使三体世界完全暴露在宇宙的黑暗森林当中，面临其他宇宙文明的毁灭性打击。但是，"因为太阳系与三体世界的相对距离和在银河系中的大致方向已经公布，暴露三体世界的位置几乎就等于暴露太阳系的位置，这也是同归于尽的战略"（Ⅱ.448）。当罗辑绕开智子的技术封锁，成功地建立了坐标发射系统，这个威慑就建立起来了。

威慑，人类与三体世界之间的战略平衡（Ⅲ.93），似乎就是两个文明之间的契约。两个世界之间的这种状态，仍然不是典型的黑暗森林状态，而更像国际战略平衡，威慑模式的构想，本来就来自冷战。（Ⅲ.96）个体之间为走出自然状态而缔结社会契约时，人们都放弃了自我保存的权利，是因为有第三方代行这个权利，由于它是缔约各方都充分信任的利维坦，并且利维坦的力量远远大于每一个个体，违法带来的危险远远高于这样做带来的安全，因而人们不得不信任这个强大的利维坦，哪怕它是一种必要的恶。可以说，利维坦带来的安全，来自它对所有人的威慑。但联合国没有这样的威慑力量，因为它用来执法的力量并不大于超级大国的实力，一个大国完全可以无视它的决定，而丝毫不会带来什么危险。但在冷战建立起的核威慑中，美苏双方都有足够的力量毁灭整个人类，由核威慑带来的战略平衡，真正构成了一种有约束力的契约，远远高于联合国的力量，但也是极其危险的。而今的黑暗森林威慑，也正是这样的威慑契约。人类掌握了广播坐标的能力，但不敢轻易广播；面对来自地球的威慑，三体世界也不敢再轻举妄动。他们都怕在广播中同归于尽。在这种威慑契约之下，两个文明维持了六十多年的和平。

但威慑契约的约束力取决于执剑人的威慑度。当罗辑让位给了程心，三体人就冒险向地球发动了攻击。他们赌的是关键的十分钟：水滴十分钟内到达地球，攻击引力波发射台，如果程心在十分钟内按下按钮，这种攻击毫无意义，但两个文明都将遭到黑暗森林打击；可是程心不敢这么做，错过了关键的十分钟，水滴摧毁发射台，人类将再无能力发射广播，战略平衡被打破，三体人可以肆无忌惮地占领地球，两个文明都可以生存下去，但地球人将永远失去生命的尊严。

水滴却没能摧毁"万有引力"号，"万有引力"号向宇宙发射了广播，地球赢得了其失去的尊严，战略平衡重新建立，但已经与威慑纪元中的威慑契约大不相同。这时已经没有什么契约，两个文明同时暴露在黑暗森林中，彼此对对方已经没有什么意义，两个文明的当务之急，都是尽可能有效地逃亡。面对宇宙中无数隐藏着的枪口，这才是真正意义的黑暗森林，黑暗森林中没有任何契约。

小说直接描述了187J3X1恒星、三体世界、太阳系遭受的三次黑暗打击，也间接描述了"魔戒"遭到的降维打击，但都没有说这些打击究竟来自什么文明，就连打击太阳系的歌者都查不出来前两次打击究竟是谁发出的。这就是黑暗打击的根本特征：你永远都不知道，究竟是谁消灭的你。宇宙中不仅不可能建立真正的契约，甚至很难真正了解其他任何一个文明，一旦发现有另一个文明存在的迹象，就要消灭它。这绝对的黑暗森林和战争状态，几乎不能算一个社会。社会，似乎只是每个文明内部的事，不仅是太阳系、三体文明各自的内部，而且是歌者所在的种子与其母世界之间的事。若是这样，还何谈"宇宙社会学"呢？小说中对歌者的短暂描写，是难得的对打击实施者的正面描述，却揭示了宇宙社会学相当根本的特征：

空间中有许多坐标在穿行……但在所有坐标中，只有一部分是有诚意的。（Ⅲ.388）如果歌者耐心等待，诚意坐标最后都会被其他未知的低熵体清理，但这样对母世界和种子都不利，毕竟他收到了坐标，还向坐标所指的世界看了一眼，这就与那个世界建立了某种联系。如果认为这种联系是单向的那就太幼稚了，要记住伟大的探知可逆定律：如果你能看到一个低熵世界，那个低熵世界迟早也能看到你，只是时间问题。（Ⅲ.390）

只要看一眼就建立了联系，就形成了一种社会关系。在歌者的母世界，仇恨、嫉妒和贪婪都是不熟悉的情感，但恐惧谁都熟悉，"有了恐惧，坐标就有了诚意"。对死亡的恐惧，是建立社会关系的第一纽带。在非常拥挤的宇宙社会，几乎可以说，所有文明与所有其他文明之间都有关系，只是发现与未发现的问题。而一旦发现，就有威胁生存的可能，一种关系便呈现出来，面对这种关系，最经济、最安全的策略便是尽快消灭它。所有文明之间的这种社会关系，在根本上是一种敌对关系，是狼的社会。宇宙森林和霍布斯的<u>丛林状态</u>仍然是一样的，战争状态就是一种非社会的社会状态[1]，只是没有社会契约来终止这种状态。在这种黑暗森林中保持安全，不能通过交往和制订契约，而只能通过隐藏自己，甚至把自己埋在光墓（黑域）当中。

四　宇宙的真相

　　在整部小说的结尾处，作者才把受黑暗森林理论支配的整个宇宙文明史全盘揭示出来，从而也才回答了小说最开始给出的一个悬念——杨冬自杀的真实原因："物理学从来就没有存在过，将来也不会存在。"（I.9）杨冬

---

〔1〕李猛，《自然社会》，北京：生活・读书・新知三联书店，2015年版，第217页。

这句话，是理解整部小说的一把钥匙。

早已乘着"万有引力"号脱离地球的宇宙学家关一帆通过在宇宙中的观察、研究和猜测，构建了宇宙演化的历史。这是一个在黑暗森林战争中不断退化的历史，与霍布斯或达尔文所描述的进化史完全不同。那个没有被战争改变的宇宙，"真是一个美丽的田园，那个时代，至今有一百亿年吧，被称为宇宙的田园时代"，"田园时代的宇宙不是四维的，是十维。那时的真空光速也不是比现在高许多，而是接近无限大，那时的光是超距作用，可以在一个普朗克时间内从宇宙的一端传到另一端"（Ⅲ.474）。

后来，由于这个宇宙中的黑暗森林状态，各个文明体之间相互猜疑，都争取先发制人，以各种方式消灭潜在的敌人，即他们能够了解其存在的任何文明体，而宇宙战争中最常用的武器，就是各种宇宙规律：

> 宇宙规律是最可怕的武器，当然也是最有效的防御手段。无论在银河系还是仙女座星云，无论在本星系群还是超星系群，在真正的星际战争中，那些拥有神一般技术力量的参战文明，都毫不犹豫地把宇宙规律作为战争武器。能够作为武器的规律有很多，最常用的是空间维度和光速，一般是把降低维度用来攻击，降低光速用于防御。（Ⅲ.470—471）

降低维度和降低光速，解释了宇宙演化过程中的两个最重要方面：维度从十维不断下降，作为武器的光速也不断降低。小说中生动地描述了"魔戒"对降维的讲述和它自己从四维到三维的下降，而太阳系和人类文明，又因为三维降二维而最终毁灭。用于逃出降维打击的有效方式，是光速飞船，但光速航行的一个后果，便是降低光速，制造"黑域"或"光墓"。

关一帆进一步解释，降维一旦开始，就永远不会停止，最终导致包括攻击者在内的整个宇宙都会降到低维。为了避免在攻击中同归于尽，"攻击者首先改造自己，把自己改造成低维生命，比如由四维生命改造成三维生命，当然也可以由三维改造成二维，当整个文明进入低维后，就向敌人发起维度打击，肆无忌惮，在超大规模上疯狂攻击，不需要任何顾忌"（Ⅲ.471）。这就解释了种子中那个低微的歌者在抛出二向箔之前的猜测："是不是母世界已经准备二向化了？"歌者在得到肯定回答后，感到那是莫大的悲哀。"歌者无法想象那种生活。"（Ⅲ.393）降维打击的最终后果，是使整个宇宙降维。宇宙便是因为不断的降维打击，而从十维降到九维，再从九维降到八维，依次类推，而一直降到三维、二维。也是在反反复复的打击、防御与逃逸中，光速一降再降，一次次造成黑洞，而最终演变成现在的这个样子。因而，我们所看到的宇宙，根本不是原来宇宙的样子，而是无数次降维打击和无数次降低光速的结果。

物理学家们"都想仅仅通过对物理规律的推演，来解释今天宇宙的形态，并预言宇宙的未来"，"物理学的目标是发现宇宙的基本规律，比如人类使地球沙漠化，虽不可能直接从物理学计算出来，但也是通过规律进行的"，因为他们坚信，"宇宙规律是永恒不变的"，"永远有一桌没人动过的菜"（Ⅲ.406），这一点是物理学得以存在的基础。这就是物理学家杨冬的信念："生活和世界也许是丑陋的，但在微观和宏观的尽头却是和谐完美的，日常世界只是浮在这完美海洋上的泡沫。"但她在看到了母亲叶文洁与三体世界的通信后，却发现，"日常世界反而成了美丽的外表，它所包容的微观和包容它的宏观可能更加混乱和丑陋"（Ⅲ.14）。面对这些混乱，杨冬几乎要诉诸上帝了，在茫茫宇宙中，生命存在的条件如此苛刻，而地球上居然能有液态水，能有重元素，"这不是表现出明显的智慧设计迹象吗？"但她得到的回答是："地球产生了生命，生命也在改变地球，现在的地球环境，其实是两者相互作用的结果。"（Ⅲ.16）"植物、动物和细菌，都对形成现在这样的大气层产生过重要作用，如果没有生命，现在的大气成分会有很大不同，可能已经无法阻挡紫外线和太阳风，海洋会蒸发，地球大气先是变成金星那样的蒸笼，水汽从大气层顶部向太空蒸发，几十亿年下来，地球就成干的了。"（Ⅲ.17）在说这些话的绿眼镜看来，这只不过证明了"地球是生命为自己建的家园，与上帝没什么关系"（Ⅲ.17），好像恰恰说明了生命力量的伟大。但这对杨冬是致命的，因为她马上想到了那个可怕的问题："如果有一个像这样的数学模型来模拟整个宇宙，像刚才那样，在开始运行时把生命选项去掉，那结果中的宇宙看起来是什么样子？"（Ⅲ.18）这个问题让绿眼镜不以为然，因为他认为，宇宙中的生命非常稀少，对演化过程的影响可以忽略不计。但杨冬已经知道，"宇宙中的生命并不稀少，宇宙是很拥挤的"（Ⅲ.18）。那么，宇宙中的生命，是不是也应该像地球上的生命一样，把宇宙建成一个美丽和谐、适宜生存的家园呢？如果是那样，杨冬为什么会自杀呢？

我们很难想象，那个时候的杨冬，就已经获得了关一帆经过几百年的宇宙航行才获得的理论。但杨冬显然看出了生命对宇宙的改造与生命对地球的改造的根本区别和完全相反的走向。同样是改变自然，地球生命将丑陋的大地变成美丽的家园，宇宙生命却将美丽的田园变成暗无天日的光墓。

杨冬当年的男朋友丁仪，是在二百年后即将出发去接触三体世界发出的探测器水滴，从而被突然气化之前，也悟出了这个道理，又由他的学生白艾思在差不多另一个二百年后即将去接触二向箔，从而成为最早被二维化的人类之前表述出来："难道制造假象的只有智子？难道假象只存在于加速器末端？难道宇宙的其他部分都像处女一样纯真，等着我们去探索？"（Ⅲ.407）

"大自然真是自然的吗？"（Ⅲ.18）在希腊文中，物理学（physics，φυσικὴ ἀκρόασις）就是对自然（φύσις）的研究，所以又称"自然哲学"。自然，就是自然而然的，其中的规律是永恒的，与人为制造的东西有根本的区别。但是现在，人类面对的地球和宇宙，根本不是这样的自然，原来认为恒定不变的光速，其实是被一次次减速后形成的，原来被想当然的三维世界，也是在一次次降维打击之后形成的。连这些最基本的物理规律都是"人为"的，都是黑暗森林的结果，还谈什么自然而然，还谈什么永恒不变？物理学当然就变成了一个笑话。

五　冷酷的神学

从这样的角度看，《三体》第一部中的"射手假说"和"农场主假说"的真正意义也才显示出来。因为神枪手在靶子上每隔十厘米打一个洞，住在靶子上的二维生物就总结出来："宇宙每隔十厘米，必然会有一个洞。"因为农场主每天十一点去给火鸡喂食，火鸡总结出来："每天上午十一点，就有食物降临。"（Ⅰ.20）在宇宙当中，人类和这两种低等生物是一样的，他们以为永恒不变的宇宙规律，不过是其他智慧文明改造之后的形态，而支配这些智慧文明的，是黑暗森林原理。面对这个茫茫宇宙，人类中的物理学家不过是自以为是的虫子。宇宙社会学，是远比物理学更真实的科学，黑暗森林理论，远比所有物理规律更加永恒。

既然有更高的智慧生物改造着所谓的自然规律，他们不就是人类所认为的神吗？换言之，这种宇宙社会学，是否也是一种神学呢？小说中也几次将这些生物的技术称为神一般的力量，甚至掌握了黑暗森林理论的罗辑和史强，也被比作"两个深思的上帝"。（Ⅱ.446）小说最后，程心和关一帆关心的，都是上帝才想的事。（Ⅲ.505）面对三体危机的人类，也经常会重新回到宗教狂热之中。杨冬在对物理学的绝望当中突然问绿眼镜是否相信上帝，或许也是抱了一丝这样的幻想。但在地球人把罗辑当作救世主崇拜的时候，作为执法者的史强凭着直觉，打死也不会相信他是正义天使，更不相信"宇宙中有公正和正义"，罗辑说："那你就是最清醒的人了。"（Ⅱ.440）

　　有比人类更高的智慧改造着自然规律，和相信上帝存在是两回事。正如神枪手不是二维生物的上帝，农场主不是火鸡的上帝，那些文明更高的智慧生物也不是人类的上帝。他们不会为人类主持正义，与人类的善恶完全无关，而是人类潜在的最可怕的敌人。他们不仅不是至善的正义者，而且和人类有着一样的基本人性，受制于黑暗森林的基本原理，随时想杀死人类，怎么会是上帝？怎么会主持正义？

　　丁仪和他的女友杨冬以及后来他的学生白艾思一样，在即将走向毁灭之时，几乎触摸到了这最后的真理："也许有一天，人类或其他什么东西把规律探知到这种程度，不但能够用来改变他们自己的现实，甚至能够改变整个宇宙，能够把所有的星系像面团一样捏成他们需要的形状，但那又怎么样？规律仍然没有变，是的，她就在那里，是唯一不可能被改变的存在，永远年轻，就像我们记忆中的爱人。"（Ⅱ.377）他所说的这个不变的规律是什么？既然宇宙都改变了，星系都被重塑了，"就在那里"的规律，究竟是什么？就在同行的人们被水滴的美丽感动得热泪盈眶的时候，丁仪却说，他看到了另外一些东西，"一种更大气的东西，忘我又忘他的境界，通过自身的全封闭来包容一切的努力"（Ⅱ.378）。在《三体》中，直接或间接理解了黑暗森林原理的地球人寥寥可数，而在他们当中，只有此处的丁仪，面对这个理论的真相，表达了敬畏和赞美，如同面对伟大的死神。这种情感，夹杂着对自己情人的怀念，为歌德那句"我爱你，与你有何相干"所诠释，而在水滴的突然攻击中，这句话变成了"毁灭你，与你有何相干"。水滴使他生出的敬畏，是对自己所无法理解的伟大事实由衷的敬畏，哪怕这种力量是来毁灭自己的。但这当然不是传统的宗教情感。

上帝存在，但并不关心人类的善恶祸福，这在西方哲学史上并不稀奇，伊壁鸠鲁、斯宾诺莎等哲学家都表达过类似的说法。但比斯宾诺莎更臭名昭著的霍布斯不持这样的观点。在他那冷酷的政治哲学背后，仍然隐藏着一颗相信上帝、热爱和平的心灵。他仍然期待着上帝之国在人类当中的实现，充满了对黑暗王国的谴责，虽然这与正统神学的理解已经相去甚远。但现在，刘慈欣无情地把这个幻想打破了。那些掌握甚至改变宇宙规律的不是神，而是拥有神一样力量的敌人。当这个事实被揭示出来，其冷酷程度远远超出了伊壁鸠鲁和斯宾诺莎所能想象。当充满宗教意味的公元纪年被危机纪年取代，人类已经完全不可能靠充满敌意的神来拯救了。

就是这样，刘慈欣以他天才的想象力，构建了一部恢宏壮阔的宇宙史诗。正如他借关一帆的口一再强调的，这个关于宇宙历史的理论可能只是猜测，我们或许没有必要相信他所说的一切都是真正的宇宙事实，但其中却有文学的真实和哲学的真实。作者借白蓉之口说："小说中的人物在文学家的思想中拥有了生命，文学家无法控制这些人物，甚至无法预测他们下一步的行为，只是好奇地跟着他们，像偷窥狂一般观察他们生活中最细微的部分，记录下来，就成为了经典。"（Ⅱ.68—69）毫无疑问，这是刘慈欣的夫子自道。如此复杂宏大的故事，如此众多的人物，如此惊人的宇宙学理论，靠冥思苦想、严密推演是建构不出来的，而是在他的写作过程中自然而然生长出来的。无论这个宏大的史诗级故事，还是如此暗黑的宇宙学理论，都有其自身的生命力，甚至超出了作者的安排。关一帆鼓励程心："不要从技术角度想，从哲学角度想。"（Ⅲ.470）这个宏大的史诗使"以前那些只停留在哲学层面上的东西突然变得很现实很具体了"，"宇宙的终结，宇宙的目的，这些以前很哲学很空灵的东西，现在每一个俗人都不得不考虑了"（Ⅲ.469）。刘慈欣在生活经验和文学写作中对这些重大哲学命题的探讨，远远超过学院中的许多哲学工作者，虽然他呈现出的宇宙图景无比黑暗，无比虚无。

六　生命的维度

杨冬那句"物理学从来就没有存在过"，构成了解读《三体》学科体系的钥匙，既没有物理学也没有神学，一切都是宇宙社会学，黑暗森林就是唯一不变的东西，可以解释宇宙演化的全部历史。自然与道德，都是虚无的，当丛林状态摆脱了基督教的背景，真相更加恐怖。

但小说中还有另一把钥匙，那就是："宇宙很大，生命更大。"这把钥匙，帮助我们在这个暗无天日的宇宙中找到意义。

罗辑在向史强讲述宇宙社会学时，黑暗森林理论第一次呈现出它的清晰形态。当罗辑把爆发黑暗战役的星舰地球当作宇宙的缩影，史强却没有反应过来："不对吧，星舰地球缺少燃料和配件这类资源，但宇宙不缺，宇宙太大了。"于是，罗辑用"宇宙是很大，但生命更大"这句话来阐释宇宙社会学的第二条公理："宇宙的物质总量基本恒定，但生命却以指数增长！指数是数学中的魔鬼。"（Ⅱ.442）此处的"生命更大"，指的是，生命的指数增长非常迅速，很快就会超过宇宙能够提供的资源，乃至连宇宙都显得狭小拥挤，资源都显得匮乏，因而宇宙中的生命必然会发生争夺资源的黑暗战争，这就是第二条公理："文明不断增长和扩张，但宇宙中的物质总量保持不变。"

康德在解释自然法的时候，认为地球作为一个有限的球面，其资源有限，因而所有人都处在一个需要确定秩序的共同体中，"如果地球表面是一个无边无际的平面，人们就可能在上面如此走散，以至于他们根本就无法进入彼此之间的共联性"[1]。按照《三体》，不仅地球是有限的，连整个宇宙都是有限的，却无法安排秩序。人类的认识能力、消耗范围，以及所在的丛林，再次从牛顿级别上升到爱因斯坦级别，结果是非常恐怖的。我们只能再次放弃幻想，没有一个取之不尽、用之不竭的大自然，也没有一个在冥冥中为所有的生命公平分配的上帝。

不过，当我们再次听到这句话时，它的含义却悄悄发生了变化。在三体世界被摧毁以后，智子两次邀请罗辑和程心喝茶，其中的第二次见面是智子同他们的最后告别，她对程心说："宇宙很大，生活更大，也许以后还有缘相见。"（Ⅲ.231）罗辑当然听到了这句话，这话或许本来就是智子从他那里听到的，但他的"生命"被智子悄悄换成了"生活"，含义显然也已经和他上次所说的非

---

[1] 康德，《道德形而上学》，262，收入李秋零译《康德著作全集》第六卷，北京：中国人民大学出版社，2007年版，第271页。

常不同。后来程心和云天明见面，在他们就要分别的时候，程心无意中重复了智子的那句话："宇宙很大，生活更大，我们一定还能相见的。"（Ⅲ.250）也就在这个时候，智子的别墅和其中的机器人都被一把火烧掉了。程心没能和云天明再见面，倒是和智子真的又见面了，在云天明送给程心的小宇宙中，智子对程心微笑着说："宇宙很大，生活更大，我们真的又相会了。"（Ⅲ.498）

在宇宙这个黑暗森林里，生命究竟是什么？它到底有多大？除了贪婪、黑暗与恐惧会吞噬宇宙之外，当生命被理解成生活，它甚至使早已脱离身体的灵魂传递信息，使朋友们跨越时空，在几百年后和几百光年之外相见。朋友？程心无意中以智子和她的约定来理解自己和云天明的约定，是真的把智子当成朋友了吗？至少在最后的小宇宙中，智子这个地球人最可怕的敌人，真的已经化为人类的朋友。在黑暗森林中，没有通过社会契约就化敌为友，这也是生活之大的所在吗？

罗辑说的"生命"和智子说的"生活"，其差别是否就是 ζωή 和 βίος 的差别呢？似乎是，但又有不同。在西方古典哲学中，ζωή 与 βίος 差别的实质在于不同层次的存在。ζωή 是可变世界中不完美的存在，βίος 则是分参了善这种永恒不变之存在的美好生活。霍布斯以降的现代哲学之所以备受诟病，就是因为它只关注最低层次的存在，而丧失了对更好生活的关注。换言之，美好生活是纯粹生命之上的更高层次。罗辑说的"生命"和智子说的"生活"却并无这样的层次差别。"生命"虽然也只是纯粹地活着，其中却包含了生活的种种层面。在活泼泼的鸢飞鱼跃中，既有高贵的尊严、美好的友谊，也有浪漫的爱情，这些都不在生命之外。生活的好与坏，就是生命深层展开的方式，而不是外在于生命的更高层次。我们不可能完全抛弃美好生活而谈生存，也不可能不顾生存而抽象地谈尊严。当罗辑不谈生活中的善良、美好、正义等概念时，他并不是抛弃了它们，而是暂时悬置了它们，它们仍然卷曲在生命的深处。虽然小说始终围绕黑暗森林中的生存问题展开，却始终没有脱离对美好生活的关心。

叶文洁说："你看，星星都是一个个的点，宇宙中各个文明社会的复杂结构，其中的混沌和随机的因素，都被这样巨大的距离滤去了，那些文明在我们看来就是一个个拥有参数的点，这在数学上就比较容易处理了。"（Ⅱ.5）在这个简明的数学图景中，每个星星只是一个点。在黑暗森林打击中，它只有生或死的问题，没人关心其中的善恶爱恨之类。但其实，每个点都是一个恒星系，其中可能有一个或几个行星上面有智慧文明。我们若深入其中，其复杂的生活形态便会展开很多维度。所以，当三体文明与地球文明深入接触，地球对他们而言不再是一个点，他们就"看到了生命和文明更深层的意义"（Ⅲ.103）。歌者则把生命的意义理解为不断升高的意义之塔，"这就是意义，最高层的意义，比乐趣的意义层次要高"（Ⅲ.388）。歌者认为高不可攀的意义之塔，也正可用关一帆的一句话来诠释："方寸之间，深不见底。"（Ⅲ.239）

关一帆所关注的"维度"，小说中这个决定性的概念，正可以帮助我们理解生命的深度。"在宇宙间，一个技术文明等级的重要标志，是它能够控制和使用的微观维度。"（Ⅰ.248）黑暗森林的频繁打击，使十维宇宙不断降维，"一个又一个维度被从宏观禁锢到微观"（Ⅲ.474）。三体世界的科学家已经能够操控微观世界十一维结构中的九维，科学执政官做了详细的解说：

> 从一维视角看微观粒子，就是常人的感觉，一个点而已；从二维和三维的视角看，粒子开始呈现出内部结构；四维视角的基本粒子已经是一个宏大的世界了；在更高维度上，粒子内部的复杂程度和结构数量急剧上升，我在下面的类比不准确，只是个形象的描述而已：七维视角的基本粒子，其复杂程度可能已经与三维空间中的三体星系相当；八维视角下，粒子是一个与银河系一样宏大浩渺的存在；在视角达到九维后，一个基本粒子内部结构的数量和复杂程度，已经相当于整个宇宙。至于更高的维度，我们的物理学家还无法探测，其复杂度我还想象不出来。（Ⅰ.278）

在质子所包含的微宇宙中，甚至存在智能或智慧，"那个宇宙在高维度上是很宏大的，可能存在的智慧或文明显然不止一个，只是它们没有机会向宏观世界表现自己而已"（Ⅰ.281）。因而，每消灭一个微观粒子，就有可能消灭了一个文明，在大自然中，这样的宇宙毁灭随时随刻都在发生，因而，像地球这样的文明毁灭的事，是"一件在宇宙中每时每刻都在发生的再普通不过的事"（Ⅰ.282）。

将宏大这种词用在质子这样的微观物上，连三体世界的元首都感到不可思议，但科学执政官并不理会他，而是明明白白地展示出微观多维世界的伟大力量。

从这个角度，我们才能理解，黑暗森林给宇宙带来的破坏和伤害，究竟是什么意义上的。田园时代的宇宙不一定在二维面积或三维体积上比现在更大，但拥有十维的结构，"那种美只能用数学来描述，我们不可能想象出那时的宇宙，我们大脑的维度不够"（Ⅲ.473）。虽然宇宙各处都在爆发黑暗战争，但"新世界中的物理学和宇宙学只是在干一件事：试图恢复战争前自然规律的原貌"（Ⅲ.473）。在这个黑暗的宇宙中，却仍然"有归零者这样的理想主义者，有和平主义者，有慈善家，还有只专注于艺术和美的文明"（Ⅲ.478）。归零者给正在死去的宇宙一些亮色，他们要重启宇宙，回归到十维的田园时代。按照新世界中的物理学，宇宙虽然在死去，但它不会永远膨胀下去，变得越来越寒冷，而是终将停止膨胀，"在自身的引力下坍缩，最后成为一个奇点并再次大爆炸，把一切归零"。那个新的宇宙将从最美丽、最丰富的状态重新开始。归零者在加速这一进程，但即使不加速，"它们的事业最终将由宇宙本身来完成"。"最终的胜利者还是大自然。"（Ⅲ.478）

这个宇宙之所以黑暗，是因为没有一个超验的力量主持绝对正义，无论是自然的力量还是神的力量。正是这一点，使刘慈欣对黑暗森林的想象摆脱了西方自然法学派的最后一丝幻想，变得更加冷酷。技术爆炸使人的能力变得非常大，超过宇宙的极限，人性中的好斗与猜疑链又不可能改变，因而只会在周而复始的黑暗战争中，改变宇宙规律，使它慢慢死去。人性没有限制，这是"生命比宇宙更大"这句话最表层的含义。这个宇宙不是一个有意志的道德上帝，不会直接惩罚邪恶，也不会直接奖励善行，对残酷的杀戮视而不见，在五花八门的技术面前也只能就范。但这并不意味着，宇宙是可以被随意改造的。宇宙仍然是大的，它仍有自己的规律，只是在极大的尺度上缓缓运行。生命对它的改造，只是在认识了既有的规律之后，因势利导的改造。比如，人们不可能创造出新的一维，而只能按照既有的维度稍加改变；也不可能随意设置光速，只能在既有的光速上施加影响，改变自然的进程。宇宙和地球所发生的一切改变，在根本上仍然是生命与宇宙规律相互作用的产物。智慧生命可以认识和改变许多重要的宇宙规律，但终有他们所不能认识和不可改变的。归零运动，就是寄希望于宇宙在更大尺度上的周而复始。宇宙虽然暗无天日，终有生命不肯屈服于这种黑暗。刘慈欣一方面将人类对宇宙超验正义的幻想彻底打破，另一方面，却又更加冷峻地探讨着生命的维度。

田园时代的十维宇宙无比美丽，但小说中只是给了一个猜测，没有也不可能去描述那样的宇宙。书中真正最震撼人的，却是生命的维度——说是维度，当然只是对生命之深度的一种比喻，我们无法数出它的维数，但这种深度比时空维度更实在、更丰富。自我保存，只是生命最低的需求，或者说，仅仅是生命的低维展开。从霍布斯到刘慈欣，都非常清楚，"每个体系的基石都很简单"（Ⅱ.441）。自然状态和黑暗森林之所以能够成立，就因为它们都以人性中最简单的部分为基础，那就是生存。这是每一个生命都不缺少的本能，是哪怕一只虫子、一只蚂蚁，乃至一个二维生物都有的需求。歌者在向太阳系发动降维打击时，就痛苦地意识到，在消灭敌人的同时，自己也要降为二维生物，但他清楚，意义之塔的高层意义依赖于存在和延续，"在意义之塔上，生存高于一切，在生存面前，宇宙中的一切低熵体都只能两害相权取其轻"（Ⅲ.393）。黑暗打击终将使宇宙间残存的生命除了生存之外一无所有，正如同宇宙的不断降维。但无论怎样降维，一切生命的展开都应该以生存为基础。在这块虽然简单却无比坚实的基础上，才有了宇宙社会学的展开。

地球人之所以迟迟想不到黑暗森林理论，即使想到了也难以接受它，正是因为，他们的生命除了生存这一维之外，还有太多深层的东西，他们不肯将生存当作唯一的需求，仅以满足生存为目标的城邦，被柏拉图称为"猪的城邦"。而刚刚脱离太阳系的星舰地球，却与赤裸裸的生存问题不期而遇。黑暗战役，正是对地球人进入黑暗森林过程的浓缩隐喻。星舰地球甫一问世，章北海就敏锐地意识到，"牺牲部分来保存整体"（Ⅱ.405）是必需的。后来，当众人都陷入到无尽的猜疑链中的时候，"伊甸园冰凉湿滑的毒蛇"爬进了人们的意识。良心折磨着每个人，章北海心中最后的柔软使他没能抓住时机，送掉了"自然选择"号上所有人的性命。最后幸存的"蓝色空间"号消失在太空中，作者评论说："黑暗是生命和文明之母。"（Ⅱ.423）

黑暗森林虽然用的是霍布斯的逻辑，讲的却不是霍布斯讲的故事。"仅靠生存本身是不能保证生存的"（Ⅱ.404—405），人们并不是先考虑生存问题，而有了战争状态，然后再缔结社会契约，从中走出来，建立和平与道德。黑暗战役，确实使不同飞船之间无法共存，也使"蓝色空间"号无法见容于太阳系文明，但并未改变飞船内部的社会结构，也没有阻止它接纳"万有引力"号，甚至一起建立银河系人类四个世界的新文明。宇宙中的黑暗森林，将生存这个低维问题抛到了每个飞船面前，但更高维的生命状态并没有消失，而是卷曲起来，正如当宏观宇宙被不断降维之后，高维度并没有消失，而是卷曲在微观当中，等待着重新舒展开的机会。对黑暗森林，作者并不是简单地批判，更不是以呈现其暗黑的本质为乐，而是在接受这个冷冰冰的现实的前提下，深入思考其中可能卷曲着的意义。所谓宇宙的黑暗森林，其实不需要太空旅行才能认识，它就是生命的存在状态，正如真善美也是深层生命的本来状态。只看到真善美而忽视了这层最基本的生存维度，是美好但危险的，有可能失去全部生命；只关注生存维度而忽视了生命的深度，是深刻、安全但残酷的。整部小说正是从这两个角度思考生命的意义，最终描画了一幅与霍布斯非常不同的生命图景。

第二章　生之谓性

一　叶文洁的心路历程

在《三体》第一部，贯穿小说的明线，是主流人类社会侦破地球三体组织背叛地球之罪，逐渐使三体危机呈现在世人面前；三体危机的直接起因，是叶文洁借助太阳向太空发射信息，她之所以做这件事，是因为亲身经历的丑恶使她对人类文明彻底绝望，这构成了小说的另一条重要线索。因此，三体危机就是人类因为"文革"受到的惩罚。那时候，包括叶文洁在内的人类还远远没有认识到黑暗森林状态，都是根据自己对生存的理解，来思考生死善恶。这一部的实质问题是，如何来面对普遍的人性之恶。

我们先来梳理一下叶文洁的心路历程。

青年叶文洁和她的多数同龄人一样，"是一个理想主义者，需要将自己的才华贡献给一个伟大的目标"

（Ⅰ.201）。她善良而热心，富有责任感，知恩图报，坚持自己的信念和原则，这些可贵的品质一直保持了一生。但从父亲被迫害开始的一次次打击，摧毁了她的信念和目标，使她逐渐形成了完全相反的信念。

六十年代，叶文洁的父亲叶哲泰因坚持科学信念而遭到迫害，他的妻子绍琳和女儿叶文雪也背叛了他，甚至参与了对他的迫害，最终导致他的惨死，而叶文雪自己也死在武斗中。这些经历使"人类恶的一面已经在她年轻的心灵上刻下了不可愈合的伤口"（Ⅰ.70）。

在大兴安岭建设兵团，叶文洁从白沐霖那里借到了《寂静的春天》，开始了对恶的理性思考。她意识到，书中描写的杀虫剂使用也许和"文革"没有什么实质区别："人类和邪恶的关系，就是大洋与漂浮于其上的冰山的关系，它们其实是同一种物质组成的巨大水体，冰山之所以被醒目地认出来，只是由于其形态不同而已，而它实质上只不过是这整个巨大水体中极小的一部分。"（Ⅰ.70）人性本恶，必须依靠外在的力量来拯救人类，叶文洁的这一观念已经初步形成。

叶文洁信任的白沐霖却背叛了她，导致她被关进监狱。叶文洁不愿意像妹妹那样随便在黑材料上签字做证，因而又拒绝了程丽华带来的宽大机会。程丽华恼羞成怒，将半桶水泼在了叶文洁身上，"她感到整个宇宙就是一块大冰"（Ⅰ.78）。黑暗森林的概念似乎也呼之欲出了。

雷志成和杨卫宁解救了叶文洁，叶文洁毫不犹豫地接受了在红岸与世隔绝的生活。对人性的失望不仅使她对外面的世界毫无留恋之意，甚至对解救他的雷志成和杨卫宁都没有很深的感激之情。一度把叶文洁感动得热泪盈眶的雷志成，最后被证明是欺骗她和利用她；对她非常暴躁的杨卫宁，其实一直暗恋着叶文洁，是真正在为她考虑，甚至会为她放弃自己的前途。但对这两个男人，叶文洁都没有百分之百的信任，没有告诉他们自己真正的发现和想法。她虽为了向杨卫宁报恩而嫁给了他，感情却始终是淡淡的。

正是通过杨卫宁，叶文洁收集到了许多外文资料，而这些资料恰恰加深了她对人性之恶的认识，"将她引向人性的最本质也是最隐秘之处"（Ⅰ.200）。对疯狂之恶的思考，在理论的高度上不断攀升，甚至"使叶文洁陷入了深重的精神危机"（Ⅰ.201）。原来的理想主义破灭了，"在组成家庭后，她的心灵反而无家可归了"（Ⅰ.202）。就是在这样深重的危机中，她收到了三体人的回复。三体世界的那个监听员清楚黑暗森林的状况，警告人类不要轻易做出回答。但叶文洁丝毫没有理会这个警告，更没有把消息告诉任何人，而是刻意隐瞒着一切，精心准备好了发射回信，"人类文明的命运，就系于这纤细的两指之上"（Ⅰ.205）。随后，她毫不犹豫地按下了发射键，对三体人说："到这里来吧，我将帮你们获得这个世界，我的文明已经无力解决自己的问题，需要你们的力量来介入。"（Ⅰ.205）在这时，一种新的理想主义已经诞生，甚至付诸行动了：她将借助三体人惩罚人类的恶。"我找到了能够为之献身的事业，付出的代价，不管是自己的还是别人的，都不在乎。"（Ⅰ.216）为了她这一新的理想，叶文洁不仅精心策划了对雷志成的谋杀，甚至"冷静、毫不动感情地"让自己的丈夫杨卫宁为他陪葬。就在这个新计划的孕育阶段，她已经清晰地意识到："全人类都将为这个事业付出史无前例的巨大牺牲。"（Ⅰ.216）两条人命，在她的庞大计划中，只是一个微小的牺牲，是地球三体运动最早的代价，也构成了它的原罪。此时的叶文洁冷静得吓人，这成为理解叶文洁的一个关键情节。

从叶文洁出场到现在，她都是以受害者的形象出现的，父亲被杀，妹妹惨死，母亲背叛，叶文洁自己则遭到一轮又一轮的栽赃、诬陷、迫害、歧视。但我们不能忘记，她一直是一个理想主义者，在这一点上与妹妹叶文雪并无两样，只不过她比叶文雪更成熟、更理性、更坚定，不会受到一点诱惑便就范，诸事一定要有自己的判断。我们不知道故事开始之前她做过什么，不知道她此前还有过怎样的转变，但有一点是清楚的，她最初一定和当时的许多青年人一样，也曾经梦想着"理想世界明天就会在她那沸腾的热血中诞生"（Ⅰ.58）。但周围发生的各种不幸，特别是她亲身经历的各种不公，使她意识到此前的理想主义是有问题的。理想的幻灭使她经历了巨大的精神空虚，但她并未变成一个庸庸碌碌的平凡人，回到日常生活当中。她能毫不犹豫地走进红岸基地，哪怕以终老于此为代价，正说明她并没有屈服于命运，而是在寻求新的理想。《寂静的春天》等新理论为她提供了建立新理想的路径，三体人的回信为这个新理想提供了落实之处。一旦孕育成熟，她便以其他人投入"文革"一样的热情，投入地球三体运动。

杨卫宁死后不久，杨冬出生了，在齐家屯休养的日子里，叶文洁体会到了家一般的温暖，"在她心灵的冰原上，融出了一汪清澈的湖泊"（Ⅰ.223）。但在获得平反的春天里，叶文洁这种温暖的感觉并没有持续并没有持续多久。她两次努力试图弭平伤口，与人性和解，一次是与母亲绍琳，一次是与打死父亲的红卫兵，但均以失败告终。无人忏悔，每个人都认为自己是受害者，都在抱怨自己遭受的冤屈。"在她的心灵中，对社会刚刚出现的一点希望像烈日下的露水般蒸发了，对自己已经做出的超级背叛的那一丝怀疑也消失得无影无踪，将宇宙间更高等的文明引入人类世界，终于成为叶文洁坚定不移的理想。"（Ⅰ.228）无情的历史给每个人都带来了巨大影响，但并不一样：残酷而复杂的政治斗争使本来就很精明的绍琳彻底变成了一个势利小人，挖空心思寻找机会，改换门庭之后，过起了官太太的生活，拒绝承认叶哲泰的死与自己有关；几个红卫兵在广阔天地毫无意义地耗掉了青春，彻底放弃了革命热情，变成了伤痕累累的普通人。前者是少有的受益者，后者是最大的失败者，都变得非常市侩、鄙俗、猥琐，完全谈不上理想，但也都过上了普通人的日子。唯有叶文洁，却好像完全没有走出革命氛围一般，以同样的激情投入反叛人类的斗争。

在遇到伊文斯之后，叶文洁个人的理想才变成一场规模浩大的运动。伊文斯出场后的第一句话，就说自己要当救世主。（Ⅰ.230）他和叶文洁不同，没有经历过什么值得一提的痛苦，他是一个亿万富翁的儿子，但不愿意继承家产，而是因为自己对物种灭绝的思考，认识到人类对大自然的破坏，创立了所谓的"物种共产主义"，其核心理念是："地球上的所有生命物种，生来平等。"（Ⅰ.232）通过白沐霖和杨卫宁，叶文洁曾经多次受到西方环保主义思想的影响，而今，她遇到了一个真实的环保主义者。这一思想更直接的根源是，《人权宣言》的自然延续"，从法国大革命迈出的又一步（Ⅰ.232），不折不扣是西方现代思想的一种极端形态。

二　地球三体运动的两条思路

一个中国的理想主义者和一个美国的环保主义者成了同志，毕竟，他们的理想有着诸多共通之处，都来自现代世界的革命理想，但又都对现代文明有强烈的不满，以至变成了对人类文明的极端否定。他们的共同口号是："消灭人类暴政，世界属于三体。"不过，二人的差别也非常明显，一个因为自身经历的剧变而对人性深深失望，另一个则仅仅出于自己的观察和理念的演绎。叶文洁的思想基础，是由残酷的政治斗争导致的对人性之恶的深刻失望；伊文斯的理论来源，是对现代文明所造成的生态破坏的失望，进而批判更久远的文明传统，乃至为其他生命而憎恨人类。

地球三体运动很快分裂为降临派和拯救派。伊文斯的物种共产主义者组成了降临派，"他们的背叛只源于对人类的绝望和仇恨"，对三体文明并没有抱太多的幻想。伊文斯的名言是："我们不知道外星文明是什么样子，但知道人类。"（I.240）降临派的真正纲领是："人类是一个邪恶的物种，人类文明已经对地球犯下了滔天罪行，必须为此受到惩罚。"他们的最终目标是，请三体人来执行这个神圣惩罚："毁灭全人类。"（I.188）拯救派则对三体文明抱着强烈的宗教情感，其目的是拯救三体文明。后来形成的第三个派别幸存派，则抱着一种"人奸"心态，希望通过为三体文明服务而得到保存。用审问者的话来描述："降临派要借助外星力量毁灭人类，拯救派把外星文明当神来崇拜，幸存派的理想是以出卖同胞来苟且偷生。"（I.244）尽管拯救派的武装力量大多忠于叶文洁，但作为地球三体组织统帅的叶文洁并不是拯救派，甚至不属于这三派中的任何一派，正如审问者所说，"所有这些都与你借助外星文明改造人类的理想不一致"（I.244）。由此可见，叶文洁与伊文斯乃至她的所有同志的想法都相当不同，所以会觉得伊文斯欺骗了自己，"他从来没有向我袒露过自己内心最深处的真实想法，只是表达了自己对地球其他物种的使命感。我没有想到由这种使命产生的对人类的憎恨已发展到这种极端的程度，以至于他把毁灭人类文明作为自己的最终理想"（I.243—244）。伊文斯是个极端现代的革命者，作者把他和大多数拯救派描述为现实主义者，他们并不期望能给世界带来怎样的改变，只希望彻底摧毁人类世界。

伊文斯说，他的物种共产主义是《人权宣言》的延续，这是没错的，但若说法国大革命到他自己之间没有前进一步，则是过于抬高自己了。陀思妥耶夫斯基、尼采、卡尔·巴特、汉斯·约纳斯等人，是伊文斯真正的精神先驱，遑论这二百年大大小小各个流派了。伊文斯虽然说，佛教就是物种共产主义的萌芽，而基督教过于关心人类（I.235），但他有着与基督教更相似的超越追求，这种追求与现世中的邪恶人性格格不入，因而他要代表一种超越的绝对正义审判人类，而现在，人间的上帝已经死了，这种正义恰好落实在了三体世界。伊文斯将第二红岸基地所在的邮轮命名为"审判日"号，他把自己当作代表各物种审判人类的上帝，同时又是末日之时来临的敌基督。降临派对人类的大审判和大灭绝，就如同上帝降下的大洪水："上帝见人在地上罪恶很大，终日所思想的尽都是恶。上帝就后悔造人在地上，心中忧伤。上帝说：'我要将所造的人和走兽，并昆虫，以及空中的飞鸟，都从地上除灭，因为我造他们后悔了。'"

（《创世记》，6:5—7）伊文斯和电影《七宗罪》中的约翰一样，要代替上帝来惩罚充满罪恶的人类，却违反了耶稣的诫命："你们不要论断人，免得你们被论断。"（《马太福音》，7:1）人类纵然都有罪，却只有上帝可以审判，人所能做的，只能是饶恕他人的过犯，乃至爱仇敌；僭越上帝的审判权的，其实是魔鬼。当然，伊文斯不是传统的基督徒，可以不遵守这些诫命，但按照他的逻辑，何以见得他所拯救的那些动物就都是无辜的，为什么只有人类是有罪的？他有什么权力把自己当作超级正义的代言人，做出最后的审判呢？比起拯救派乃至叶文洁来，伊文斯并不幻想三体人就是完美的上帝，或许也并不幻想其他物种是无辜的，所以并不愿意拿出巨资来改变一时一地的环境。（Ⅰ.235）他真正关心的仍然是人类，但就像陀思妥耶夫斯基笔下的宗教大法官一样，对人类的极端之爱变成了疯狂之恨，因而最终要彻底毁灭人类。魔鬼就是上帝的另外一张脸。

伊文斯的这种态度虽然极端，但在十九世纪以来的西方哲学、宗教和影视剧中，已经有过许多类似的追随魔鬼以求拯救的形象，并不怎么新鲜，刘慈欣也并没有花太多的笔墨在他身上。地球三体运动的真正精神领袖仍然是叶文洁，伊文斯的角色，更多是为反衬叶文洁而出现的。在这种对照之下，叶文洁式的东方情怀，才更加值得认真对待。

在地球三体运动中，叶文洁是唯一一个真正的理想主义者。她虽然无情地杀害了雷志成和杨卫宁，但她的目标并不是毁灭人类，他们的死只是必要的代价。当她去找绍琳和三个红卫兵时，也是希望对"文革"中的事情能有一个了结，也就是，以人性中善的力量来化解原来的背叛与仇恨。但无人忏悔，大家更愿意忘记那些事情，浑浑噩噩地过自己的日子，这才使叶文洁彻底失望。人不仅肆无忌惮地作恶，而且还无法承认自己的恶，即便在一切已大白于光天化日之下的时候，还是在挖空心思逃避罪责，以他人的恶为自己作恶的借口，毫无廉耻地享用侥幸盗得的舒适与安逸。既然人性已经无药可救，那就只能请求外援了。但为什么三体人可以拯救地球人的文明？根本不了解三体文明的叶文洁，抱着一个颇为天真的信念："如果他们能够跨越星际来到我们的世界，说明他们的科学已经发展到相当高的高度，一个科学如此昌明的社会，必然拥有更高的文明和道德水准。"（Ⅰ.260—261）

叶文洁的这些想法，在现实面前会被击得粉碎。但和伊文斯不同的是，叶文洁并不完全是一个理论型人物，《寂静的春天》等著作，只是帮助叶文洁做了理论上的提升，却并非她思想的真正来源。她对恶的思考，始终是在生活经历中进行的。她是作为女儿、姐姐、朋友、同志而受到了深重的伤害，才开始怀疑人性。回城之后，叶文洁的生活仍然是充满人情味的，她要教育小杨冬，要带学生，甚至在晚年还非常投入地照顾一群孩子。有了对人生苦乐的这些深切体会，当她看到人类在疯狂地砍伐树林，然后又读到《寂静的春天》之后，叶文洁的思考是："从整个大自然的视角看，这个行为与'文化大革命'是没有区别的，对我们的世界产生的损害同样严重。那么，还有多少在自己看来是正常甚至正义的人类行为是邪恶的呢？""人类真正的道德自觉是不可能的，就像他们不可能拔着自己的头发离开大地。"（Ⅰ.70）

叶文洁如此看重的"道德自觉"，本来正是她在人生历程中做的反思。在伟大事业刚开始的时候，大概很少有青年学生会去反思它，大家都是带着如火的热情投入其中，直到自己的生活受到了影响，身边的亲人遭到了伤害。对于这种革命正当性的质疑，应该就是叶文洁最初的道德自觉：那成千上万青年心目中的伟大革命事业，却在残酷地碾压着人们的生命与尊严。她的妹妹因为过于投入而毫无反思能力；她的母亲因为过于精明而不愿意反思，只想投机。她们经历了和叶文洁类似的事情，却根本没有道德反思。白沐霖屈服于强大的政治机器，为求自保，把叶文洁当替罪羊抛了出去，他自己这样做时是否心虚、是否自责不得而知，但到底无法克服那一点贪生怕死的顾虑。三个红卫兵由疯狂的革命者变成了猥琐的小市民，她们将一切责任归咎给历史，而毫无反思的意愿，这种推诿或许连自己都信了。如今，叶文洁把这个逻辑用到对杀虫剂和砍伐森林的思考上：人们为了自己的利益而大肆破坏环境，不顾其他生命的死活，也根本没有反思能力。她之所以感到整个宇宙是一块冰，是因为她仍然强烈地认同人类的道德，但人类制定的道德原则却不能够自己遵守，不能够用来自我批判和自我约束，一切都从一己私利出发，不顾亲人，不顾朋友，不顾他人，当然更不顾大地上的其他生命。而这一点，正是黑暗森林理论的基本预设。叶文洁显然是在很早的时候就已经有了黑暗森林理论的轮廓，所以才能够将最主要的命题与概念讲给罗辑。若是如此推断，理想主义者叶文洁，竟然是想彻底打破黑暗森林状态，教会人道德自觉的能力。但如果黑暗森林是宇宙社会学的基本原理，三体人侵略地球的想法，就是建立在这个理论基础之上的，叶文洁又怎么可能期望，三体人有更高的道德文明，从而能够帮助地球人获得道德自觉呢？

叶文洁的理想主义，是比黑暗森林本身更不可解的一个死局。对宇宙社会的理解和思考，使叶文洁逐渐悟出了黑暗森林的道理，但在这普遍是黑暗森林的茫茫宇宙，叶文洁居然设想会有一个道德程度超脱于黑暗森林之上的三体文明，来善意地拯救地球。从更大的黑暗森林中寻求援助，来解决地球这个小黑暗森林中的问题，使它变得光明起来，这当然是自相矛盾了。在读到从"审判者"号上截获的三体资料之后，叶文洁才意识到她的理论中的这个巨大矛盾，她才明白，三体人同样是受黑暗森林理论支配的，他们之中也有高低贵贱之分，也会为了生存而不择手段，也会毫无怜悯地毁掉另外一个文明。从小说的时间设置上来看，这已经是她将宇宙社会学的构想告诉罗辑之后了。这无疑给叶文洁的整个理想主义带来了重创，或许导致了她身心的最后崩溃。叶文洁为了解决人类社会中的黑暗森林，把人类带进了一个更大的黑暗森林。黑暗森林是无解的，和数学中的三体问题一样无解，这是叶文洁理想主义最终的破灭。在这个无边的黑暗森林中，她的理想主义使人类看到了自己的末日。

叶文洁和她的理论有着深刻的内在矛盾，还不仅体现在这个黑暗森林的死局上。她自己的生活也陷入了死局。以革命的名义背叛亲人，使她最初感受到人类之恶，但她在投入新的理想之后，却也无情地杀害了自己的丈夫。她对杨卫宁的无情，与绍琳对叶哲泰的无情，何其相似！唯一的区别是，绍琳为的是个人的利益，叶文洁为的是一个新的理想。她为新的理想投入的激情，乃至对它天真的幻想，与她的妹妹叶文雪也如出一辙。更不用说她所带来的这场运动，又激发出多少人类之恶！

这场运动带来的最大牺牲，大概要算叶文洁的女儿杨冬之死了。虽然在《三体》第三部较多描述了杨冬死前的精神状况，但杨冬究竟是怎样死的，她们母女之间究竟发生了什么，作者应该是在刻意留白，为我们留下了巨大的想象空间。按照庄颜的绘画理论，这些留白的地方都极为重要。杨冬之死，是全书非常重要的一个事件，是整部小说展开的一个背景。按照第三部中的说法，杨冬在偷看了叶文洁的秘密之后，并没有告诉她，而是"让母亲保留自己的秘密，杨冬则假装妈妈仍然是原来的妈妈，生活也能继续下去"（Ⅲ.14）。由此可以推出，叶文洁应该没有主动告诉杨冬她的发现，更没有吸收她进入地球三体组织，但她对世界的认识，对人性的观察，却很难不让杨冬知道，所以说："我对冬冬的教育有些不知深浅，让她太早接触了那些太抽象、太终极的东西。"（Ⅰ.52）但她仍然非常注意把女儿往回拉，警告她不要轻易进入那个世界。但杨冬的世界还是充满了各种空灵的理论，"那些东西一崩溃，就没有什么能支撑她活下去了"（Ⅰ.53）。叶文洁也许始终不知道杨冬偷看了她的资料，但她应该清楚，杨冬之死与自己有莫大的干系。除了自己的教育对杨冬性格的影响之外，地球三体组织"扰乱研究者的思想"（Ⅰ.206）的计划，是包括杨冬在内的许多科学家自杀的直接原因——无论杨冬是被他们有意还是无意伤害的，这个事实都太恐怖了。无论如何，杨冬都是继杨卫宁之后，叶文洁理想主义的又一个牺牲品。如果说，杨卫宁之死还有些偶然，对于杨冬之死，叶文洁难辞其咎。

当叶文洁知道自己的理想主义已经彻底破灭，她也应该立刻想到了杨卫宁和杨冬的死，这不再是为了伟大事业而不得不付出的牺牲，而是为一个荒谬的理想付出的巨大代价，使叶文洁与她所憎恨的那些恶人没什么两样。当她用尽最后的生命爬上红岸时，叶文洁的心情应该是非常复杂的。现在，红岸基地遗址已经不再是一项伟大事业的开端，而是她为之奋斗了多半生的荒谬理想的开端。这里，还有杨卫宁和雷志成的墓地，记录着她自己的罪。爬上红岸这个行为，或许就是人类难得能有的"道德自觉"和"忏悔"，叶文洁经过这么多年，才比她所鄙视的那些人，多走出了这一步。但对于她对人类犯下的巨大罪行，叶文洁是无力忏悔的，因为，她给整个人类带来了最后的落日。

三 面对人性之恶

直到小说的第二部，我们才知道，叶文洁的忏悔还不止这些。在"走向她那最后的聚会"（Ⅱ.6）之前，叶文洁在杨冬墓前将黑暗森林理论最关键的部分告诉了罗辑，从而为人类最终战胜三体入侵，奠定了非常宝贵的理论基石。这个重要的细节提示我们，叶文洁虽然到最后才向自己承认其理想的内在问题，但就像许多口头上拒绝认错的人一样，她的内心早已涌动着深深的不安。她已经意识到这场聚会凶多吉少，也早在杨冬去世之后就不断到墓前为女儿的死而忏悔。她把这些告诉罗辑，究竟是出于什么心态，恐怕也很难简单说清楚，但就像三体人一样，叶文洁应该知道，掌握了黑暗森林的基本原理，人类就可以抓住三体人的命门，因而，本来以消灭人类暴政为目标的叶文洁，在这一刻，面对死去的女儿，不仅对那场聚会的结局没有把握，对地球三体运动的使命也已经产生了怀疑，尽管可能只是无意识的。

在叶文洁遥望人类的落日的时候，她也把目光投向了齐家屯，那个曾经让她获得家的感觉的东北小村庄。她没能在三体文明找到战胜人性之恶的道德，唯一能暂时化解人性之恶的，是这个小村庄，但她在报复全人类的时候，已经把这个村庄里的所有人也一并报复了。叶文洁超越黑暗森林的努力无可避免地失败了，她将三体危机带到了地球上，也将地球带进了更加无边的黑暗森林。但也是叶文洁留下了克服这场危机的线索。她倔强地相信，能有什么东西克服人性之恶，黑暗森林应该有个边界，尽管她不知道这边界在什么地方。

这和伊文斯的方案是截然不同的。伊文斯对世界的审判是彻底的，他以完全否定的方式对待人性之恶，三体文明只是一个抽象的符号，三体世界究竟与人类有什么不同，他根本就不关心。他只想毁灭人类，美好的天堂仅仅存在于他的心里，或者说，仅仅存在于对人类世界的毁灭行为中——人类之恶，其实也只是一个抽象的概念，并不是哪个人、哪种行为的恶，他并不想拯救哪种具体的生命，只想毁灭充满了恶的生命。这种态度看似极端，却是一种更简单、也更容易理解的解决方案。在无处可逃的黑暗森林中，除了对它的彻底否定之外，还有什么办法呢？像叶文洁那样，希望在现实生活中找到一条拯救的道路，不仅是最终不可能的，甚至会使自己难免沾染上这充塞天地的罪恶。

黑暗森林中的生命是深不见底的，如果说有更多的维度，似乎也只是有更复杂的罪恶，有更多种罪恶的可能性。伊文斯一眼就看穿了人性的这种把戏，在他严厉的目光面前，一切都显现为恶。叶文洁小心翼翼地潜入到人性深处，虽然触手可及无处不恶，但黑暗森林中也曾闪过微茫的光芒，那就是齐家屯的点点灯火。既然有那样的村庄，既然有那样的温暖，又怎么能说黑暗森林中都是暗无天日的呢？这应当就是叶文洁不肯赞同伊文斯的根本理由。尽管齐家屯这弱小的光芒不足以战胜四周无处不在的黑暗，这却决定了叶文洁不会采取彻底毁灭的态度来对待人类文明。生活中又何尝没有更多的光芒？杨卫宁的爱、与杨冬的相濡以沫、学生们的感恩、孩子们的天真，这是黑暗森林中不时闪出的一些亮光，叶文洁随时都可以感受到。但这些亮光，就像潜藏在黑炭下的火星，虽然几乎无处不在，但很难形成燎原之势。叶文洁刚刚捕捉到一点点火星，瞬间就又被无边的黑暗吞噬了，这使她非常无助。就在这时候，她得到了三体人的回复，于是幻想着三体人能够帮她带来熊熊大火，照亮这黑暗的世界，但没想到的是，三体人却是带着更加无边的黑暗而来的。

在三体危机带来的恐慌中，只有一个人真正表现出了生命的尊严和对生命本身的尊重，那就是史强。在小说第一、第二部中都有重要表现的史强，是一个非常值得关注的形象。他在小说开头的形象是："长得五大三粗，一脸横肉，穿着脏兮兮的皮夹克，浑身烟味，说话粗声大嗓。"（I.1）但这个一开始让汪淼非常厌恶的警察，很快就显示出其过人之处："这个外表粗俗的家伙，眼睛跟刀子一样。"（I.6）史强虽然级别不高，但在与地球三体组织的斗争中，他却是个决定性的人物：是他在地球三体组织的聚会时成功地将对方一网打尽，也是他想出了有效策略，杀死伊文斯，而又能截获"审判者"号上的三体信息。这两次行动使地球三体组织遭到重创。但最重要的还不是这些，而是，当那些高级知识分子被突如其来的危机吓傻了的时候，只有史强还保持着生活的常识。他根本不去仰望星空，根本不考虑那些所谓终极的哲学问题，他关心的是买房子、孩子上学，以及一个又一个案子，他真正的看家本领是："把好多看上去不相干的事串联起来，串对了，真相就出来了。"（I.97）能把这些表面上无关的事串在一起，除了天才的想象力之外，更重要的是生活的常识感，即常伟思看重的"经验"。正是靠了这种常识感，史强对事情的判断不仅远远超过汪淼、丁仪这些专家学者，更成为叶文洁和伊文斯的真正克星。

这也正是叶文洁和伊文斯最缺的东西。他们关心的是抽象的生命、形而上的善恶、作为集合名词的人类，却几乎没有真正的日常生活，甚至以刻意远离日常生活为荣。无论红岸基地、"审判者"号，还是充满终极问题的哲学著作，都距离生活极其遥远。本来有着日常生活的汪淼，在倒计时面前也完全乱了方寸。而叶文洁虽然有丰富的人生阅历，但也并不甘于沉溺在日常生活中，她对杨冬教育最大的失败，就在于没有教给她日常生活。她之所以觉得在齐家屯的那几天最温暖，是因为她暂时被拉回了日常生活。多年生活在黄土高原的伊文斯，与日常生活近在咫尺，却根本无兴趣进入。要不然，为什么大兴安岭的小村庄充满了温暖，黄土高原上的村民就都成了魔鬼呢？日常生活，便是那黑炭下的火星，其实无处不在，完全可以燎原，但是，火星必然会烧出黑炭来，没有独立存在的火星。在叶文洁和伊文斯那抽象的概念中，善恶永远对立，他们试图从人类的生活中消灭恶，保留善，就如同消灭身体保留灵魂一样，是不可能完成的工作。

人性善还是人性恶，这个古老的命题本就充满了争议。人们诉诸的理由往往是，多少人在作恶，多少人在行善，这样争论下去，这个问题永无答案。然而，在更深的世界文明传统中，叶文洁的这种人性论是非常靠不住的。伊文斯之所以认为人性恶，并不仅仅是因为他看到了多少动物被杀害，多少物种在灭绝，而是因为一个更深刻的理由：人类不可能做到对所有物种一视同仁，不可能接受物种共产主义，一句话，人没有上帝那么好，所以就是恶的，这就像黑暗森林一样，无可反驳。所以，人类应该遭到灭种的惩罚。但史强诉诸的，是一种非常古老的中国智慧：生之谓性。没有抽象的人性，人性就是生命的深度展开。只有尊重生命本身，珍视日常生活，才谈得上善恶问题。谁也无法否认浩劫中的作恶，谁也无法认可物种灭绝的正当，但因为这些恶行就去随意杀人，甚至灭绝人类，本身就是最大的恶。而人性的力量，也正在生命本身。

当汪淼和丁仪陷入极度绝望中的时候，史强带着他们到华北平原去看铺天盖地的蝗虫，告诉他们："把人类看作虫子的三体人似乎忘记了一个事实：虫子从来就没有被真正战胜过。"（Ⅰ.296）虫子不可能被真正战胜，不是因为它们有什么技术，而就在于生命本身的力量。于是，"三个人沐浴在生命的暴雨之中，感受着地球生命的尊严"（Ⅰ.297）。史强不懂科学，也不懂哲学，但他懂得生活，这就是他的一切力量之所在。

史强不会去问那些有关善恶的哲学问题，因为在生活本身面前，善、恶都只是概念。二百多年之后，罗辑对史强讲清楚了善恶的问题："下面要定义两个概念：文明间的善意和恶意。善和恶这类字眼放到科学中是不严谨的，所以需要对它们的定义加以限制：善意就是指不主动攻击和消灭其他文明，恶意则相反。"（Ⅱ.443）最早发现黑暗森林理论的叶文洁并没有理解这一点，她天真地认为三体文明一定更善良，因为经历过太多恶的她，也把善抽象化了，伊文斯更是如此。但罗辑明白，生命才是第一级的概念，善、恶并不是。生命为了保存自己而攻击其他生命，虽然是恶的，却也是生命的必然要求；生命不需要攻击其他生命也可以活下去，从而不发动攻击，那就是善的。但若生命在面临威胁时仍然不攻击，甚至邀请其他生命来攻击自己，那就是愚蠢了，因为如果连生存都得不到保障，就根本谈不上真善美。而地球三体组织做的，就是这样的事，因而对于地球上的生命而言，是邪恶的背叛，比叶文洁和伊文斯所经历过的所有恶都更罪恶。黑暗森林的可怕之处在于，生存的需要会使生命必然攻击其他生命。但地球上的人类通过社会和政治制度，使人们之间不必相互攻击也能生存下去，并且认为不相互攻击是理所当然的，这才是黑暗森林中最大的奇迹。叶文洁和伊文斯都是出于这种理所当然，而无法容忍人类当中一些没有按照这种生活方式做的人，并对他们充满了愤慨。

竟然有这么多地球人"憎恨和背叛自己的物种"（Ⅰ.239），这一点本身就是文明过于发达的一个结果，因为文明的自我修正能力，是在道德观念相当牢固的文明中才能产生的。正如但丁在地狱中的各种罪人身上可以看到人性的闪光之处，地球三体运动这样大规模的背叛运动，恰恰证明了地球文明的尊严。当然，这种尊严会阻碍人类去认识黑暗森林，这个简单得不能再简单的道理。黑暗森林，就是由生命最低的维度构成的社会。人类沉在深度文明中过久，以致不能看到生命那最简单的现实。最早接触外星人的叶文洁花了大半辈子才认识到，要找过着"正常人的生活"的罗辑，来传承她的宇宙社会学，但史强从来就没有离开过这个层次。从深度文明中浮到表面上，获得生命的常识感，会使人类有更明晰的理性和力量，但只有深入文明当中，才能有更丰富的生活。这两个方面，都是文明生活所不可缺少的。

第三章　心在生命深处

一　映射宇宙，隐藏自我

面对科学技术远超自己的三体入侵，被锁死基础科学的地球人在常规防御方式上毫无胜算。人类无论怎样挣扎，在水滴面前都将不堪一击。但所有战争，包括星际战争，都不只是军事的对抗，而是综合实力乃至文明力量的竞争。正是因为把握住两个文明最大的区别，地球人设置了面壁计划，并靠它击退了三体舰队。在面壁计划中，这场战争转化为心灵之战，两个文明的生活方式与政治体制，都将面临着战火的考验。

小说中对三体人心灵透明的设定非常有趣。第一次提到三体人的这一特点，是第一部中潘寒介绍三体世界的人列计算机时说："构成人列计算机的三体人，外表可能覆盖着一层全反射镜面，这种镜面可能是为了在恶劣的日照条件下生存而进化出来的，镜面可以变化出各种形状，他们之间就通过镜面聚焦的光线来交流，这种光线语言信息传输的速度是很快的，这就是人列计算机得以存在的基础。"（Ⅰ.170）在第二部，智子与伊文斯的一次交流，与破壁人二号的两次交流，都谈到了三体人与地球人的这个区别，从而给出了一个比较清晰的图景：三体人的想和说没有差别，他们没有单独的交流器官，他们的大脑"可以把思维向外界显示出来，这样就实现了交流"（Ⅱ.8），"大脑思维发出电磁波，包括我们的可见光在内的各种波长，可以在相当长的距离上显示"（Ⅱ.9）。他们的思想是全透明的，不懂得欺骗和撒谎，没有计谋和伪装。三体世界当中也有战争，敌对双方也会伪装自己的阵地，"但如果敌人对伪装的区域产生了怀疑，直接向对方询问，那他们一般都会得到真相的"（Ⅱ.23）。二百年后，三体探测器水滴到达太阳系，它是全封闭的，"表面是极其光滑的全反射镜面"（Ⅱ.365），丁仪则评价为："一种更大气的东西，忘我又忘他的境界，通过自身的全封闭来包容一切的努力。"（Ⅱ.378）"这种镜面物体反映了三体世界的某种至今也很难为人类所理解的观念，用他们的一句名言来讲就是：通过忠实地映射宇宙来隐藏自我，是融入永恒的唯一途径。"（Ⅱ.467—468）结合潘寒的描述可知，水滴的全反射镜面，就来自三体人身体的全反射镜面。小说最后，程心和关一帆在647号小宇宙中真正接触甚至学习了三体文字，"三体文字是一种表意文字，与人类的表音文字不同，与语言无关，直接表达含义"，"与表音文字相比，表意文字最大的优势在于阅读速度，这种文字阅读起来比表音文字至少快十倍"（Ⅲ.502）。表意文字不需要音意之间的转换，因而会更快，也是与其透明思维相配合的。

这种心灵透明有两个方面：一是自身的透明，即想和说的一致，其实是没有说，只有想，但想的内容会在身体的反射镜面上直接呈现出来；二是对外界的坦承，全反射镜面将接收到的信息忠实地映射出来。这两个方面并不完全一致，但在对三体人的深度想象中，却是结合在一起来起作用的。当三体人对外部世界有了任何认识，他们的思维都全面显示在其身体镜面上。当然，三体人的映射应该并不是像水滴那样，机械地将外部世界的原样展示出来，而是通过自己的思维加工之后，可以有各种变化的形状。当他们之间相互交流的时候，彼此看到的都是经过加工和分析的外部世界，这就是"忠实地映射宇宙"。

但他们如果要交流一些别的思想，特别是更内在、更自我，尤其是和外部宇宙无关的内容的时候，又是怎样的情形呢？按照他们身体的构造，这些更自我的内容也应该显示在其身体镜面上。但是，"像恐惧、悲伤、幸福、美感等等，都是三体文明所极力避免和消除的，因为它们会导致个体和社会在精神上的脆弱，不利于在这个世界恶劣的环境中生存。三体世界所需要的精神，就是冷静和麻木"（Ⅰ.267）。冷静和麻木，应该会构成每个三体人身体镜面上的底色，然后在上面呈现其理性思维的各种内容。如果出现了那些应该被避免的情感，镜面上应该会有更复杂的变化，让人们都可以看到，自然就会受到批判、教育甚至处罚。

这种反射功能，在罗辑冬眠苏醒后的危机纪元末期，地球上也有了模仿品：人们穿的衣服会配合着他们的表情和情绪，显示出不同的图像，但在特别庄重的场合则不会。这应该是当时某种技术的产物，而功能还是和三体人的身体镜面非常不同。三体人的反射是生理性的，而非一种技术，并且是全反射，不是只有某些时候反射。

三体世界特殊的交流方式决定了他们的生活方式，从而也体现在他们的社会形态和政治制度上。完全从生物性上说，三体人也有喜怒哀乐等各种情感，但是所有思考和情感都写在身体镜面上，没有隐私，无法欺骗，无法掩盖自己的情感，也就不需要"慎独"，与隐私相关的许多情感大概也都不会出现，当一个人的想法出现错误时，别人可以立即发现，予以批评和纠正。因而，三体人的心和地球人有巨大的区别。地球人的心不只有思维能力和情感能力，而且是绝对属于每个人自己的，但三体人没有这样完全属己的心。

两情相悦、阴阳和合，是人心又一个非常重要的功能。这已经超出了一个人的隐私，而是两个人之间的秘密之地。因而，罗辑与庄颜可以通过目光深度交流，三体人却完全无法理解，罗辑在演讲中谈到，"很可能人类是宇宙中唯一拥有爱的种族"，最早收到叶文洁信息的监听员好奇地看着他们的目光交流，说："这就是爱吗？"然后对罗辑"抗议"说："至少我知道三体世界也是有爱的，但因其不利于文明的整体生存而被抑制在萌芽状态，但这种萌芽的生命力很顽强，会在某些个体身上成长起来。"（II.469）三体人虽然也有爱，而且与异性结合是使这位监听员逃脱因失业被强制脱水烧掉的命运，但三体人两性结合生子的方式与地球人很不同：

> 构成他们身体的有机物质将融为一体，其中三分之二的物质将成为生化反应的能源，使剩下的三分之一细胞完成彻底的更新，生成一个全新的躯体，之后这个躯体将发生分裂，裂解为三至五个新的幼小生命，这就是他们的孩子，他们将继承父母的部分记忆，成为他们生命的延续，重新开始新的人生。（I.265；并参考III.249）

"三体人和人类学者都认为，这是造成两个世界社会文化巨大差异的根源之一。"（III.249）三体人不仅无法读懂人类情侣的目光，这一差别也使他们无法读懂章北海父子的目光，因为三体的记忆可以世代累积，而不像地球人那样，需要每个人重新开始，使得他们根本没有地球人的那种亲子关系，也就不存在慈与孝的问题。

总之，三体人的几个特点，都在消除其个体性和私密性，增加集体性，使国家统一思想、清除那些不利的情感也非常容易，因而就能形成集权政体。监听员如此描述其政治形态：

> 为了整个文明的生存，对个体的尊重几乎不存在，个人不能工作就得死；三体社会处于极端的专制之中，法律只有两档：有罪和无罪，有罪处死，无罪释放。我最无法忍受的是精神生活的单一和枯竭，一切可能导致脆弱的精神都是邪恶的。我们没有文学没有艺术，没有对美的追求和享受，甚至连爱情也不能倾诉。（Ⅰ.268）

三体人如果这样忠实地反射出自己的所有思想与情感，那又何谈"隐藏自我"呢？须知，上述那种人体镜面的忠实反射，只有在三体人内部才有效，三体人之间会无障碍、无隐瞒地坦白交流一切，但看不到三体人、更读不懂三体语言的其他文明，就根本无法窥见他们一丝一毫的内在世界。这样的生活形态，是在严酷的宇宙环境中进化而来的。三体文明中也曾有自由民主的社会，"但在所有三体文明的轮回中，这类文明是最脆弱最短命的，一次不大的乱世纪灾难就足以使其灭绝"（Ⅰ.268）。三体文明不仅通过集权形成强大的凝聚力量，而且要在外敌面前尽可能有效地做好防御，因而对黑暗森林状态很早就已了如指掌，对其他文明的防范也与生俱来。所以，除了最初发给叶文洁和伊文斯的那些资料，三体世界的情况对地球始终是全封闭的。到了威慑纪元，两个世界建立了密切的交流，三体世界大量学习地球文化，对地球文化的模仿迅速达到了极高水准，这被称为"文化反射"。"人类文明在宇宙中有了一面镜子，使人类从以前不可能的角度重新认识自己。"反射文化甚至很快取代了本土文化，"成为文化主流，在大众中引领时尚"。三体世界也非常慷慨地送来了"海量的知识信息"，"还对地球人进行了不间断的指导"（Ⅲ.103），使地球科学迅速发展起来。但是，"三体世界本身仍然笼罩在神秘的面纱中，几乎没有任何关于那个世界的细节被传送过来"（Ⅲ.104）。地球人认为这是友好的表示，认为这是照进黑暗森林的阳光，殊不知，所谓"反射文化"，正是三体人基本理念的产物，是新的攻势，而不是什么阳光。知识，虽然是以三体世界的物质结构为基础的，却仍然是三体人对宇宙规律的忠实映射，他们没有因为这可能导致地球世界快速赶上自己的科学而吝啬；但是，对于自己的真实世界，却最大限度地隐藏起来。而这两方面正好给地球人造成了一个假象：好像三体人与地球人之间的敌意完全消失了，大同世界马上就要到来。这是隐藏自己的最好方式。

据说，与地球人的接触"正迅速和深刻地改变着三体世界的社会形态，并在半个世纪中引发了多次革命，使得三体世界的社会结构和政治体制与地球越来越相似，人类的价值观正在那个遥远的社会得到认同和推崇"。（Ⅲ.104）这一段虚虚实实，半真半假。虽然地球文明确实可能对三体世界产生影响，带来了思想解放和技术爆炸，甚至使其社会形态不再那么专制，但有一点可以肯定，三体人只要语言形态和交流方式不改变，就不可能在根本上改变其重集体、轻个体的生活方式。在全方位映射地球文化的同时，精心准备对地球的突然袭击，而不再有监听员那样的三体人与地球文明暗通款曲，导致消息泄露，正说明了这一点。

与地球文明接触后，"三体人对于人类，早已不是当初的透明思维的生物了。在过去的两个世纪中，他们在欺骗和计谋方面学得很快，这可能是他们从人类文化中得到的最大的收获"（Ⅲ.130）。三体人当初之所以对伊文斯等人说话也毫无保留，或许是因为从未接触过外星文明，从而将其文明内部的交流方式带到了与地球人的交流中。但这并不意味着他们完全不会隐瞒。对外部的防范意识本来就内在于他们的基因，人类的计谋又促使他们警惕，很快就学会了隐瞒。虽然人类的价值观在影响着他们，但第一舰队的失败意味着他们的生存环境更加严酷，他们对地球人的防范只会加强。

所以，虽然三体文明号称是全透明的，但那仅仅对他们自己内部而言如此，对地球人而言，却自始至终和宇宙间所有其他的文明一样，是完全不可知的。相反，在智子的作用下，在三体世界以及地球三体组织那里，人类反而是完全透明的。通过内部的透明形成强大的集体力量，又通过智子实时获得人类的全部信息。透明与伪装的游戏，将贯穿两个世界战争的整个过程。

二　面壁计划

在地球世界为应对三体危机而出台的多项战略计划中，面壁计划是直接针对三体人与地球人的最大差别，以及当时的处境而制订的。在三体人的智子监控之下，"现在的地球已经是一个完全透明的世界，对于他们，这个世界的一切都像一本摊开的书那样随时可供阅读，人类已无任何秘密可言"（Ⅱ.81—82）。但仅仅针对人类可交流的信息是这样的，即人类只要用语言、文字，或任何一种方式将自己的想法表达出来，就会立即被三体人捕获。但"到目前为止，人类还是有秘密的，我们的秘密就是我们每个人的内心世界"（Ⅱ.82）。人类可以伪装，嘴上说的和心里想的不一定是一样的。在霍布斯看来，这恰恰是自然状态中最危险的地方；在三体人看来，这样的人也是非常可怕的，如同《圣经》中的蛇。这一点，似乎成为人类之恶的最主要标志。但是现在，对地球人而言，心灵的深邃却成为他们最大的优势，是几十亿人命运之所系。"面壁者所承担的，将是人类历史上最艰难的使命，他们是真正的独行者，将对这个世界甚至宇宙，彻底关闭自己的心灵，他们所能倾听和交流的、他们在精神上唯一的依靠，只有他们自己。他们将肩负着这伟大的使命孤独地走过漫长的岁月。"（Ⅱ.83）任命面壁者的联合国秘书长萨伊如是说。

这意味着什么？地球人生命的最深处，在他的心灵里面，现在就要以小得不能再小的个体心灵，来对抗强大的三体世界。面壁计划无疑是对人类心灵一个极为天才的诠释：心灵最重要的不是它的理性能力和精神性，而是它的隐秘性和中枢地位。就理性能力而言，一个高级计算机或机器人当然可以远远超过人的心灵，但只有会隐藏自己，才使心灵成为我的心灵，才使我成为独一无二的，成为我之身体的指挥中枢。而一个面壁者隐藏的内心，甚至成为整个世界的指挥中枢。独一无二的内心的存在，才使我的生命成为有深度的，而这恰恰是三体人最缺乏的。

面壁者没有真正的同伴，他们不能同任何人交流；没有真正的合作者，不仅没有合作者，还要向整个世界隐藏他们的意图。"面壁者所要误导和欺骗的是包括敌方和己方在内的整个世界，最终建立起一个扑朔迷离的巨大的假象迷宫。"（Ⅱ.82）三体人没有权谋斗争的经验，很难通过面壁者表面的行为判断他们葫芦里卖的是什么药，但地球三体组织里的破壁人具有和面壁者一样的心灵优势，而且他们都是素质极高的人类精英，面壁者欺骗三体人并不难，但欺骗破壁人就非常困难了。同时，面壁者为了要欺骗这些隐藏在暗处的破壁人，就要欺骗其他所有地球人。即便他们真的做到了这一点，这也只是整个计划的开始，他们还要凭自己的聪明才智，想出破解三体人攻击的有效途径，而在当时的地球人看来，面对科技水平远高于自己的外星文明，这基本上就是不可能的。

如果这一点做不到，面壁者终究还会遭到民众的唾骂。面壁计划越到后面就越显示出，面壁者们最大的阻力往往不是来自破壁人，而是来自那些他们为之战斗的地球人，甚至是地球人的价值观与政治体制。面壁者既不能让他们察觉出自己的真实意图，又不能丧失他们的支持，否则后果是极其严重的。面壁者注定是极其孤独的几个人。

每个人的内心，都应该是他独一无二的指挥中枢。使面壁者与众不同的是，他的这颗心必须有异乎寻常的强大力量，能够做到不偏不倚、执其中道，否则就不能清晰地分析和推理，隐瞒和用计，在如此复杂和对自己不利的情势中做出正确的判断。所有重要的东西，都必须一个人在心里进行，连画张图、列个算式、说句梦话都可能透露内心的秘密。他必须在不与人交流的情况下，用自己的心指挥全局的战争向他希望的方向发展。萨伊解释说："我们称他们为面壁者，这个古代东方冥思者的名称很好地反映了他们工作的特点。"（Ⅱ.82）达摩面壁十年，为的是明心见性、参禅修炼。面壁者虽然并不真的参禅，但他们也必须明心见性，以无比强大的精神力量忍受着漫长的绝对孤独，使自己心如止水，不为外物所扰，在这个意义上，他们真的非常像面壁的达摩。

不过，达摩面壁，并不是为了破壁，也不是为了打败谁，时间并不紧迫，需要的只是禅定的功夫。比起达摩来，这几位面壁者可能要花上几百年，但与达摩的最大不同是，他们是在战争状态中，有着明确的强大对手，时间虽然显得很长，但也非常紧迫。更重要的是，达摩所关注的仅仅是他的内心，不需要他人的理解，他人也没必要猜测他的意图。而这些面壁者所做的事，与他人都生死攸关。他们是在众目睽睽之下来面壁的，面壁者的方寸之间虽小，却承受着几十亿人的压力，人人都觉得他要为自己负责，不能辜负了自己，自己也有权指责面壁者的任何失误之处。面壁者不仅需要全世界的资源，更需要全世界的理解和支持，但他又不能向任何人透露自己的真实想法，不能告诉全世界自己有什么理由被理解和支持。面壁，这种极其个人的行为，却同时是一种不折不扣的社会行为，它以拒绝交流的方式与整个世界交流，以欺骗的方式赢得全世界的信任，以沉默的方式获得全世界的支持。看上去，面壁者拥有几乎无限大的权力，但这种权力又意味着无限大的责任。当整个世界信任面壁者时，他可以为所欲为；当面壁者一旦令世界失望，全世界都会抛弃他、指责他、咒骂他，使他沦为最卑贱、最遭唾弃的一个人。面壁计划，将人类交往中全部的信任与欺骗、责任与权力、沉默与默契集中到了一个人身上。

面壁状态对面壁者和民众同时提出了极高的但又完全相反的要求：世界民众对面壁者的支持和信任，必须是极高的社会状态中的要求；但面壁者面对民众，则必须按照一个完全无秩序、充满危险的自然状态来行事。在自然状态中，人们之间的交往方式是无限的猜疑链，没有基本的信任，所以为了自我保存，每个人都会以最大的恶意去猜疑别人。但在社会状态下，特别是在秩序和道德机制都很好的社会中，我和人交往的前提是信任，我相信制造食物的人不会下毒，我相信开公交车或出租车的人不想杀我而且有足够的能力把我安全送到目的地，我相信人们都以同样的方式信任我，人们之间有彼此的默契，这个社会才能真正维持下去。自然状态与社会状态，这是两个完全相反的状态，猜疑与信任是其各自的基本特征。

而面壁计划设定了，整个世界都必须信任面壁者不仅一切都是为了全球人考虑，面壁者有能力击败三体人，而且，面壁者在末日之战前不需要向世界证明这一点，这种信任必须是无条件的。这样，无论面壁者动用多少资源，无论面壁者做出多么奇怪的举动，甚至无论面壁者表现得多么自私、无能甚至恶意，整个世界都要相信这是面壁计划的一部分，要全力支持他。面壁者则必须有同样的信心以承担起这种无条件的支持和信任，知道自己确实是在完成一个必定胜利的计划，不会辜负全世界的支持和信任，但又不能丝毫表露出他计划的实质，甚至要全力防范任何人，因为任何人都可能成为泄露秘密的途径，所以，他必须以自然状态中对待敌人的方式防范所有的人，但又不能杀死他们。

这个计划将自然状态与社会状态纠缠到了一起。这就要求，无论面壁者还是民众，都必须有非常强大的心理承受能力，都必须有极高的理性能力和道德能力，必须有最充分的默契和相互信任，且不说高超的战略眼光和战术能力。一旦面壁者的计划被破壁人识破，一旦他发现自己的计划是徒劳的，而民众仍然对他报以全面的信任，他的心理就会崩溃；如果世界公众发现面壁者自私、无能或危险，而面壁者却仍然在坚持他那看上去不可理解甚至可怕的计划，民众就会取消对他的信任，反而对他充满了猜疑乃至唾弃。

面壁计划将无限的猜疑链套进无条件的信任当中，是只有地球人才能有的一个计划，虽然远远超出了三体人的计谋水平，但也远远超出了一般人的心理承受能力。面壁计划在全面承认黑暗森林中的自然状态的同时，又以社会状态为它的完成基础。在赤裸裸的黑暗森林生命中，面壁计划揭示了一个诡异的维度。面壁者如同一个君主，但这个君主又是极其脆弱的，因为全世界都在对他聚焦，使他很难真正藏住自己的秘密，更何况还有智子和破壁人那无所不在的眼睛。

面壁计划，是对现代人心灵生活的天才隐喻。几个面壁者在整个世界包围下的彷徨与失落，孤独与沉思，失败与胜利，正是五光十色、众声喧哗的现代世界中，一个个行色匆匆的个体真实的心灵深度。每个现代人都是一个面壁者，他的生活是向整个世界打开的，但他的心灵是永远孤独的。他无时无刻不处在依赖所有人的社会中，但自然状态又是所有社会生活挥之不去的背景。

同样有趣的，是"破壁人"这个名号。本来，面壁来自达摩的典故，破壁来自画家张僧繇的典故：画龙点睛，龙遂破壁而飞。这两个典故虽然都是南北朝的故事，彼此之间却是风马牛不相及，直到周恩来一句"面壁十年图破壁"的诗，才将二者联系了起来。"破壁人"灵感的直接来源，无疑当为此诗，但"面壁"与"破壁"的关系又与诗中大异其趣，因为诗中的面壁者和破壁人为同一人，破壁是面壁的目的。但三体游戏中的秦始皇设定的破壁计划却并非如此："与面壁者一样，破壁人将有权调用组织内的一切资源，但你们最大的资源是智子，它们将面壁人的一举一动完全暴露在你们面前，唯一成为秘密的就是他们的思想。破壁人的任务，就是在智子的协助下，通过分析每一个面壁者公开和秘密的行为，尽快破解他们真实的战略意图。"（Ⅱ.106）这里隐含的意义是，面壁人在自己的心灵上筑起一座智子攻不进的墙，但破壁人将打破这座墙。这一理解，显然和周恩来诗中的意思不一样。这三个破壁人与面壁者唯一的共同点就是可以调动一切资源，根据面壁者的举动，猜测他们的真实意图，但他们在暗处，根本没有面壁者那样的心理压力。面壁者心中秘密的泄露随时随地都可能发生，而破壁人可以从大量的线索猜测他的真实意图，二者一开始就处于极度不对等的状态下。与面壁相比，破壁并不是非常难的事。

不过，对于罗辑就不一样了，秦始皇找不到罗辑的破壁人，"罗辑的破壁人就是他自己，他需要自己找出他对主的威胁所在"（Ⅱ.107）。萨伊在催促罗辑赶快开始行动时，也说："请你做自己的破壁人。"罗辑在悟出黑暗森林的真相时，对自己说："面壁者罗辑，我是你的破壁人。"（Ⅱ.201）秦始皇、萨伊和罗辑都知道，三体人怕罗辑，所以一次次暗杀他，联合国选定他做面壁人，这是唯一的原因。但除去已死的伊文斯，没有人知道三体人为什么怕他，他的威胁究竟在什么地方。虽然罗辑知道这应该是因为他和叶文洁的对话，但他很长时间都并不清楚这对话究竟意味着什么。无论秦始皇、萨伊还是罗辑，他们说的"破壁"，指的都是打破这个哑谜，找出三体人刺杀罗辑的原因，也就找到了战胜三体人的办法。即使在秦始皇的话里，"破壁"的意思，也并不是要挫败罗辑的计划，因为"在四个面壁者中，只有他，直接与主对决"（Ⅱ.107）。现在，已经学会隐瞒的三体人不敢轻易相信他们的地球代理人，所以不可能将黑暗森林的秘密告诉他们，他们并不知道三体人为什么怕罗辑，甚至根本不知道罗辑见过叶文洁，因而，要像前三个破壁人那样给罗辑破壁，不仅是完全不可能的，而且是三体人不允许的。他们所能做的，只是替三体人一遍一遍刺杀罗辑而已。只有罗辑，才符合周恩来原诗中的用法，既是面壁者，又是破壁人。

装备了智子之眼的破壁人所代表的，是每个个体周围那无所不在的眼睛，带着无法测度的敌意和寒气逼人的陌生感，甚至可能来自我们自己的心灵。它把我们暴露在无处可逃的黑暗森林中，而这个黑暗森林正是一个无所隐遁的大千社会。在他们那无所不在的眼光之下，面壁者开始了他们伟大而充满艰险的心灵之旅。

三　三个面壁者

罗辑这样评价另外三位面壁者："对他们的轻视是不公平的，那三位面壁者都是伟大的战略家，他们看清了人类在末日之战中必然失败的事实。"（Ⅱ.466）面壁者用一己的心灵来承担整个地球的兴亡存续，必须有着强大的心理承受能力和卓越的战略眼光。罗辑的这个判断没错，那三位面壁者都不是碌碌之辈，他们的努力虽然失败，但他们都是基于对未来战局的准确判断，而制订出了自己的计划，并且其计划既远远超出了通常的思维定式，也有着非常大的合理性，从而都以某种方式，被后来人类的太空战略所吸收。

首先是曾对美国国家战略影响深远的前国防部长弗

里德里克·泰勒,"无论在思想的深度还是领导的能力上,泰勒作为面壁者是当之无愧的"（Ⅱ.84）。在面壁计划开启之后,泰勒是最积极地投入工作的一个面壁者,但也是第一个被破壁的面壁者。破壁人（也就是三体游戏中的冯·诺依曼）说他的战略缺少"曲折和误导,也缺少欺骗的陷阱,过于直白"（Ⅱ.175）。他在表示要建立一支以宏原子聚变为武器的独立太空力量（Ⅱ.119）之后,就分别考察了鹿儿岛的神风特攻队纪念馆、中国军队的思想政治工作、阿富汗的基地组织,心中一直在默念着神风队员遗书上的话:"妈妈,我将变成萤火虫。"（Ⅱ.130,141,156）这句话应该就是他的灵感来源,尽管默念不会让智子听到,但他的行踪已经相当清楚地暴露了他的计划:"你要消灭地球太空军,让他们的量子幽灵去抵抗三体舰队。"（Ⅱ.175）

但对泰勒最沉重的打击还不是破壁人的出现或是行星防御理事会（PDC）决议对反人类罪的认定,而是当他的计划被公布之后,人们那种"对面壁者的笑"。PDC成员尽管强烈谴责量子舰队的想法,却仍然对他报以微笑。尽管他当众暴露自己的真实想法,所有人都不相信:

在他们的眼神里,孩子露出幻想,中年人露出崇敬,老人露出关爱,他们的目光都在说:看啊,他是面壁者,他在工作,世界上只有他自己知道自己在做什么,看啊,他做得多么好,他装得多么像啊,

> 敌人怎么可能探知他的真实战略呢？而那个只有他
> 知道的、将拯救世界的战略是多么多么的伟大……
> （Ⅱ.178）

这些崇拜的眼神竟成为杀人的利器，使泰勒的精神接近崩溃。他去找罗辑，这个同病相怜的面壁者，但备受"对面壁者的笑"伤害的罗辑自己，竟然也对泰勒露出了这种微笑，或许罗辑的微笑并不是在表达这个意思，而泰勒却只能读出这个意思，面壁者之间的交流障碍，是他人带来的障碍的平方。（Ⅱ.176）这也是一种猜疑链，它不像黑暗森林的猜疑链那么刀刀见血，而是将面壁者越来越牢地封死在自己筑起的墙壁当中，"这是一个我们永远无法从中脱身的怪圈"（Ⅱ.178）。两个面壁者之间的交流变成有口无心的语言体操，在泰勒最希望真诚地倾诉的时候，罗辑或许给了他最后的一击。泰勒找到了最后脱身之法，那就是自杀。这个猜疑怪圈的力量，也正是因为面壁者心灵的孤独，泰勒无力承受这样的心理压力。PDC认为，哪怕仅仅作为空城计般的战术，泰勒也不应该自杀，"只要他活着，量子舰队计划的真伪就永远是个谜，他的死等于最后证实了这个可怕计划的存在"（Ⅱ.183），也使面壁计划遭到了巨大的质疑。

即便如此，放在整个小说当中，泰勒的计划也并非毫无价值。正如罗辑所说，泰勒对于正面抗击三体舰队必败的清醒认识，使人们必须寻找另外的途径。[1]

第二个面壁者是委内瑞拉总统曼努尔·雷迪亚兹，他在委内瑞拉推行"二十一世纪社会主义"，成功地以游击战抵抗美国入侵，还曾以很小的投入制造出杀伤力巨大的巡航导弹。这个以弱胜强的二十一世纪英雄也迅速投入到了工作之中，而且正如他的破壁人（即破壁人二号，三体游戏中的墨子）所说，他是比泰勒更成功的战略家，一个合格的面壁者。他在表面上制订了一个非常宏大的抵御计划，一边研究恒星型氢弹，一边寻找着可能的制胜之道。美国国家实验室主任艾伦脱口而出的一句诗帮他确定了最后的方向："我正变成死亡，世界的毁灭者。"（Ⅱ.131）这是奥本海默所引《薄伽梵歌》中的一句诗，但它给了雷迪亚兹巨大而残忍的启示。雷迪亚兹的神情"仿佛是有人在他背后开枪似的"，呼吸急促，满脸冷汗，蹲在地下干呕（Ⅱ.131—132）。豁然开朗的感觉与巨大的心理压力同时到来，使他患上了恐日症。[2]

破壁人刺探出雷迪亚兹内心的秘密并不容易，他是

---

[1] 在2017年的纪念版中，作者大幅度修改了泰勒的战略计划，"量子舰队计划"变为"蚊群计划"，网上公布泰勒的计划之后PDC召开的听证会部分也被删去，可能是这一版里删改最多的内容。但笔者还是比较偏爱旧版的写法，而旧版中的量子舰队计划，还与刘慈欣另一部小说《球状闪电》相互呼应。

[2] 罗辑在想通了黑暗森林法则时，"和雷迪亚兹害怕太阳一样，患上了严重的星空恐惧症"（Ⅱ.201）。由此可以推断，雷迪亚兹患上恐日症，是因为和罗辑一样，找到了方向。

通过查阅大量的资料，特别是雷迪亚兹与天体物理学家威廉·科兹莫交往的资料后，才读懂了他的恐日症。雷迪亚兹早在成为面壁者之前就在做准备，从而在时间上避开了智子的监控，这是他的第一个过人之处。另外，他和泰勒一样，深知按照常规抵抗的战略，人类不可能战胜三体人，必须采取另外的计谋，因而他的恒星型氢弹同样不是用来对付三体人的，而是为了使水星减速并坠入太阳，使太阳喷出巨大的螺旋形物质流，吞噬整个太阳系，太阳系就会变得比三体世界生存环境还要恶劣。这种同归于尽的战略并不能直接战胜三体人，但可以形成对三体舰队的有效威慑，迫使敌人放弃入侵计划。他的计谋比泰勒的量子幽灵理论更具现实性，最重要的是，他的威慑思路以及由自己生命控制的"摇篮"装置（虽然还未真正付诸实现），与罗辑未来的威慑模式完全是同一个思路，他仅仅是差在没有了解到黑暗森林理论，对宇宙文明之间的关系还没有精确的认识。而罗辑在掌握了这些之后，完全通过复制他的模式，就成功阻止了三体人的进攻。因而史强也警告罗辑："你会像雷迪亚兹那样被人群用石头砸死，然后世界会立法绝对禁止别人再有这方面的考虑。"（Ⅱ.448）

以同归于尽的姿态发出威慑，罗辑说自己并没有那个精神力量。可以设想，雷迪业兹是以怎样的精神力量策划这一战略的，而在破壁人揭穿他之后，这巨大的精神力量化为怎样的狂怒，使他几乎要把破壁人二号扼死。

在泰勒被破壁的时候，民众对面壁者仍然有极高的信任，他们的精神寄托仍然在面壁者的身上，把面壁者当作自己的主心骨，对他们的支持和信任反而成为他们巨大的精神压力。但在泰勒自杀之后，民众已经开始收回他们的信任和精神寄托，无论PDC还是雷迪亚兹自己的人民，都不愿再报以信任的微笑，而是充满了失望和怀疑，面壁者的恐日症虽然瞬间痊愈，但他的精神压力不仅没有减轻，甚至还成倍地加重了，这重量最终化为愤怒的石头，将雷迪亚兹扑杀在地。

第三个面壁者是英国科学家和政治家比尔·希恩斯，他和妻子脑科学家山杉惠子是一对脑科学伉俪，两个人总是同时出现，共同完成研究项目，让读者很容易误以为他们共同承担了面壁计划。其实山杉惠子却是希恩斯的破壁人，即三体游戏中的亚里士多德。与前两位面壁者不同，希恩斯的计划不是对三体入侵的抵抗，而是直接针对人心的，"人类文明的一切最终要归结到人本身"（Ⅱ.123）。前两位面壁者都必须在设计庞大的防御计划的同时，以巨大的精神力量承担外部世界的信任与怀疑，而希恩斯则要直接面对人类和自己的精神世界，来设计计划。这就意味着，希恩斯所承受的精神压力，又远远超过了前两个面壁者。他在被任命为面壁者的时候，就表现出强烈的失败主义情绪，"什么都想不出来"（Ⅱ.122）。他很清楚，人类不可能战胜三体入侵。但他也同样深切地认识到，用技术提升人的智力水平是不可能的，因为根据他们夫妻的研究，思维在本质上是在量子层面进行的，而量子层面的科学进步已经被智子锁死，所以，"在智子障碍面前，智力越高的人越难以建立胜利的信念"（Ⅱ.243）。但他更知道，人心中除了作为逻辑推理能力的智力外，还有更多的东西（Ⅰ.123）；在与常伟思将军的交流中，他们关心的都是"思想能力"，而非"智力"（Ⅱ.243），而在智力上不可能战胜三体人的前提下，只能在思想能力上给人类施加影响，但这仍不能使人类转败为胜。

表面上，希恩斯在为提升人脑的思维能力而工作，实际上，他在寻找一种提升人心信念的方式。在对大脑的研究中，他意外地发现了思维做出判断的机制，从而可以人为地控制大脑的判断，"使大脑不经思维就做出判断，相信这个信息为真"（Ⅱ.244），这就是思想钢印。但正如山杉惠子所说，思想钢印虽然看上去是偶然发现的副产品，其实正是希恩斯最想要的东西，"是这种研究的最终目标"（Ⅱ.297）。但如果人类根本不可能战胜三体世界，思想钢印又有什么用呢？这一部分，是作为面壁者的希恩斯从未向山杉惠子透露的部分，并不是因为不信任她，而是因为怕遭到她鄙视。这种自卑心理，化为一个面壁者内心深处的孤独，"欺骗，即使是对自己最爱的人的欺骗"，也是面壁者责任的一部分。（Ⅱ.299）在坚信人类必败的吴岳到信念中心来寻求信仰，以面对自己的基督徒妻子之时，山杉惠子优雅而坚定地与他对答，使希恩斯几乎没机会插嘴，吴岳夫妇之间的问题，似乎正是希恩斯夫妇问题的映射。在吴岳失望地离开后，希恩斯追出来，确认惠子没有跟着他，才告诉吴岳，自己差点给自己打上一个相反的思想钢印："上帝死了。"然后对着吴岳的背影大声说："先生，我想掩盖对您的鄙视，但我做不到！"（Ⅱ.252）他的这一举动非常奇怪，其实希恩斯真正鄙视的，乃是他自己，他和吴岳一样，嫉妒自己的妻子，深深陷入自卑当中。虽然他并不知道妻子是地球三体组织的成员，但他知道她是蒂莫西·利里的信奉者，没有他这样的忧郁和迷茫。

　　早在希恩斯第一次冬眠醒来之后，山杉惠子就在他的眼神中看到了这种忧郁和迷茫，明白了他是"一个根深蒂固的失败主义者，一个坚定的逃亡主义者"（Ⅱ.300），因而，思想钢印的目标，并不是使太空军战士在不可能取胜的战争中建立必胜的信念，而是使他们明确此战必败，从而可能更坚定地策划逃亡。逃亡主义，这是在三体危机之初就出现的想法，也是三体人曾认真考虑过的一个可能，因为这是在建立黑暗森林威慑之外，地球人保存种族的唯一一种可能，但很早就被联合国坚决制止了。希恩斯偷偷在思想钢印中做了手脚，每个钢印族接受的信念其实都是负信念，即，表面上是相信人类必胜，其实是相信人类必败。这一点，希恩斯没有告诉包括山杉惠子在内的任何人，连智子都未能觉察，山杉惠子完全是根据自己的观察和推测得出的真相。

但希恩斯自己不需要这个思想钢印，他对失败主义和逃亡主义的信念早就坚如磐石，没有什么疑问。他真正要克服的，乃是在妻子面前的自卑与嫉妒，这是他这个面壁者的孤独的表现形式——也是他们夫妻之爱的表现形式。与泰勒和雷迪亚兹都不同的是，希恩斯最大的思想压力并没有体现为来自外界的怀疑，而是表现为妻子给他的压力。外部世界对于希恩斯剥夺人的思想自由的指责，并没有直接给他带来太大的影响，但他一直无法在看似平静的惠子面前抬起头来。表面看上去，妻子的支持帮他化解了来自外界的压力，但外界的压力却都汇聚在惠子身上。他们之间和罗辑与庄颜一样，也能通过眼神做深度交流，但这种深度交流没有给他带来安慰与智慧，反而增加了他的自卑。他并没有怀疑惠子是地球三体组织的成员，并没有刻意对她隐瞒什么，但自卑使他不会向她透露自己的真实想法。他给自己打上的思想钢印是：我在面壁计划中所做的一切都是正确的。（Ⅱ.301）这种信念并未完全化解他的自卑，但使他祛除了面壁者那无法化解的孤独感，能够撑到最后。

因而，山杉惠子的破壁也与前两次破壁非常不同。她其实在冬眠开始的那一刻就已经完全明白了希恩斯的真实想法，但还是不得不和希恩斯一起等到了末日之战前夕，在人类都坚信可以打败三体人的时代，揭露了希恩斯的真实想法和钢印族的可能存在。但这并没有引起外界社会的多大恐慌，反而是她，作为地球三体组织的最后成员，虽然对当时人类的必胜信念有些怀疑（Ⅱ.299），但显然对三体人的胜利没有信心，没能等到近在眼前的末日之战，而是在对希恩斯的诅咒中剖腹自杀（Ⅱ.361）。她当初说吴岳的"余生会很难"（Ⅱ.251），而今则诅咒自己的丈夫"这辈子会生不如死"（Ⅱ.361）。她毕竟和其他两位破壁人不同，与丈夫的爱恨纠葛仍然是她生命中的重要部分。

希恩斯的痛苦仅仅维持了一段时间，因为地球舰队很快在末日之战中全军覆没。希恩斯的精神状态恢复正常，作为联合国面壁计划委员会派出的联络人，与罗辑联系。这个时候的希恩斯竟然也克服了失败主义，有了信仰，甚至得出了与叶文洁类似的幼稚理论："人类文明只有五千年历史，我们对生命和自由就如此珍视，宇宙中肯定有历史超过十亿年的文明，他们拥有怎样的道德，还用得着怀疑吗？"（Ⅱ.440）这标志着面壁者希恩斯的彻底死去，在失去给他巨大压力的惠子之后，一个心态平和的希恩斯，也完全失去了忧郁的希恩斯那敏锐的洞察力。

四　编外面壁者章北海

在末日之战时，钢印族究竟是否存在，完全成为一个不解之谜。但有一个不可能是钢印族的人，却完成了本来应该由钢印族完成的逃亡，那就是在思想钢印出现前就已冬眠的章北海。他的失败主义和逃亡主义，比所有钢印族都更加彻底，更加坚定。他没有机会被委任为面壁者，却自觉地开始了自己的面壁计划，成功逃过了智子的监测和任何人的怀疑——唯一对他的计划有所觉察的常伟思将军，仍未能有效阻止他实施逃亡。他比前面三位面壁者都成功得多，甚至比罗辑都要成功，因为由他实施的逃亡计划，甚至使一部分人逃过了最后的降维打击，将人类的种族一直保留在宇宙当中，成为银河系人类——尽管他自己在逃亡开始后不久，就死于黑暗战役。章北海的故事表明，任何人都可以成为面壁者。

章北海祖孙三代都在解放军中服役，他的祖父曾经参加过朝鲜战争，中美军队之间的技术差距令祖父刻骨铭心。他的父亲是一个优秀的军事家，具有卓越的战略眼光，能够把最深的思想探索与坦承的军事讨论结合在一起，常伟思将军说："到最后也没有看透他。"（Ⅱ.109）父亲也是这样教育儿子章北海的："能让我理解，说明你的思想还简单，还不够深，等到我看不透搞不懂你，而你能轻易理解我的那一天，你才算真正长大了。"（Ⅱ.47）在这样的教育下，章北海也终于获得了军事家应有的深邃，不仅让自己的上级和同事不能理解，甚至父亲也承认不能轻易理解他。早在面壁计划开始之前许久，章氏父子就已经深刻理解了隐藏内心的意义。

但是，他们对具体战略问题的讨论，"从来都是公开进行的，甚至还由军方和政府出面，召开了几次未来史学派的学术研讨会"（Ⅱ.353—354）。早在三体危机之初，章父就与一批深刻的科学家、政治家和军事战略家展开了非常严肃的讨论，形成了这个未来史学派，"他们不但预言了大低谷，也预言了第二次启蒙运动和第二次文艺复兴，他们所预言的今天的强盛时代，几乎与现实别无二致，最后，他们也预言了末日之战中人类的彻底失败和灭绝"（Ⅱ.354）。危机之初，如此公开的讨论，竟然完全躲过了智子之眼，几乎不可思议。雷迪亚兹和希恩斯的许多想法和准备，也是在危机之初就开始的，而章父的这些公开活动，应该并不是因为抢在了智子出现之前得以隐藏，而正是因为过于公开、过于高调，使智子完全没有监测的兴趣。毕竟，人类必败是当时相当流行的观点，智子不会特别注意他们，而对大低谷等未来历史的预测，则是只懂机械监测的智子完全不了解，更看不到其重要性的。这位伟大的将军，将三体人最不可理解的《三国演义》的智慧演绎得淋漓尽致。实则虚之，虚则实之，整个世界眼皮底下的研究与讨论，却得以隐藏在人类智慧的最深处，这便是"草船借箭"和"空城计"的真谛所在。章北海在最后一次看望病重的父亲时，父子之间说了三句至关重要的话："要多想。""想了以后呢？""北海，我只能告诉你那以前要多想。"（Ⅱ.47—48）其实质的内容就是三个字："要多想。""好的，爸，您已经回答了我，说了很多很多的话，真的很多，这三个字的内容用三万字都说不完，请相信儿子，我用自己的心听到了这些话。"（Ⅱ.47）这三个字里到底包含了什么信息？章北海后来解释说："这个计划从见父亲最后一面时就产生了，他用最后的目光告诉了我该怎样做，我用了两个世纪来实施这个计划。"（Ⅱ.355）有用的信息当然不只这三个字，更重要的是父亲的目光。这种心灵的交流，既类似山杉惠子征服希恩斯的那种目光，也可比拟于庄颜给了罗辑精神力量的那种表情和目光，是人类心灵交流的最高境界。父子之间对未来史的研究已经有了明确的结论，目光就足以使他们对彼此的思想默会于心，这是智子无论如何也不可能读明白，甚至不可能想到去读的内容。

逃亡计划既已制订，章北海剩下要做的，就是把这个计划付诸实施。他把自己打扮成一个极端的胜利主义者，在军队中其他人没有任何理由相信人类有可能胜利的时候，却表现出无比坚定的胜利信念，甚至假装在全力遏止逃亡主义。这种科学理性与信念之间的巨大断裂，正是希恩斯思想钢印所要克服的东西。但章北海那时候没有思想钢印，他靠的就是自己的坚强意志，"我不需要思想钢印，是我自己信念的主人"（Ⅱ.353）。

章北海，帮助我们重新理解希恩斯提出的自由意志问题。自由意志，是对深度生活的进一步诠释。使我与他人心灵不同的，正在于我那独一无二的意志，这一点既是现代自由社会的哲学基础，也是地球人区别于三体人一个相当实质的地方。奥古斯丁最初提出自由意志问题的时候，并没有被局限在有还是没有的简单层面上。我有没有"自由意志"（*libera voluntas*），即我的各种意志是我独立做出的，还是由某种力量决定的，这是一个最基本的问题。但，我认为最好的事，是不是真的对我最好，以及我是否有能力朝向意志所指向的那个好，却完全是另外的问题了。奥古斯丁把这个问题称为"意志的自由抉择"（*liberus arbitrium voluntae*）。在现代西方的讨论中，两个问题都非常重要。物理学已经介入了第一个问题（我们称为"自由意志问题"）[1]，第二个问题（不妨称为"自由抉择问题"），则是现代自由政治的核心。

"自由意志问题"，对地球人和三体人而言是共同的。三体人也可以有完全独立形成的思想，所以那位监测员才会有那么大逆不道的想法。两个文明最大的区别，是在自由抉择问题上。生物基础决定了，三体人虽有自由意志，其意志却是暴露的，因而并无自由抉择的权利。但由于人类的心灵是封闭的，即使在再专制的制度下，人类仍然有一定程度的抉择自由。

思想钢印在技术层面解决的，是"自由意志问题"，即外在力量能否控制自由意志。思想钢印的存在，虽然不能证明我们的自由意志完全是外在决定的，但至少在技术上表明，有可能通过某种方式控制人的意志，这种

---

[1] 李淼，《〈三体〉中的物理学》，成都：四川科学技术出版社，2015年版，第135页及以下。

控制达到的结果，甚至比三体人的思想控制更直接、更有力。正是因此，PDC认为希恩斯威胁到了现代社会存在的道德基础。但希恩斯说："人类现在面临的问题是生存还是死亡，整个种族和文明作为一个整体的生存或死亡，在这种情况下，怎么可能不舍弃一些东西？"（Ⅱ.246）此处涉及的实质并不是"自由意志问题"，而仍然是."自由抉择问题"。如果自由意志真的是在神学或物理学意义上被决定的，就像刘慈欣在《镜子》中展示的那样，也就不必在听证会中争论了。既然有针对思想钢印的争论，就表明人们至少在一定层面上仍然有自主决定的力量，但这个力量是不对等的，一些人可以用技术决定另一些人的意志，这才是使PDC感到可怕的地方。而希恩斯提出的问题也非常尖锐：在生死存亡面前，人们自由抉择的权利还有那么重要吗？这个问题并不突兀，因为它正是奥古斯丁、洛克乃至康德共同关心的问题：人们是否有选择好的生活的能力？康德之所以为自由社会给出了哲学上的辩护，并不是因为他那么看重自由抉择本身，而是因为他认为人有能力靠自由抉择找到好的生活。但在三体危机面前，"好的生活"被降维展开成"生存"，这个问题就尤其尖锐了。

现代社会所保护的，究竟是自由意志还是自由抉择，这个看似不言自明的问题，却因为希恩斯而变得模糊了。真的叮以为了保护人类的个体自由，而牺牲全人类的生命？自由政府，其目的究竟是让人们有更大的力量去选择好的生活，还是无论选择好还是不好，生还是死，只要有自由就好？在筹划为星舰国际制定宪法时，章北海曾经明确表示，"星舰地球需要活跃的新思想和创造力，这只有通过建立一个充分尊重人性和自由的社会才能做到"（Ⅱ.405）。但他内心深知，把大事交给大家来选择，并不理性。

希恩斯本来想绕开问题的提议却使问题更尖锐："假如有人自愿在自己的意识中打上思想钢印，请问这能被称为控制吗？"（Ⅱ.247）他的意思是，这只涉及自由抉择，而与自由意志无关，因为思想钢印的目的不是帮人获得意志，而是使人已有的意志更加牢固，加强他实现其信念的力量。但这并没有解决更实质的问题：如果信念本身就错了呢？人们的最终信念都是争取生存，但相信我会胜利、我会生存就真的能生存吗？在实力悬殊的情况下，这种信念无异于麻痹斗志，危机纪元后期面对水滴的人们正是处在这样的麻痹状态中。

希恩斯、章北海，乃至三体人都清楚，在这样极端的情势之下，失败主义比胜利主义更加有用，因为它会督促人们寻找另外一条生存之道，虽然那可能是非常艰险的。因而，希恩斯和章北海需要致力于此，而智子则需要严密监视这种可能性，但两个人的努力都逃过了智子的眼睛。

他们二人也知道，自己面临的最大阻碍不是智子，而是人类，就是曾经砸死雷迪亚兹的人类。所以，他们一切工作的目的，首先是躲过自由社会的人类，其次才是躲过智子。他们靠自己的理性、自由意志和自由抉择，为地球人找到了一条生路。希恩斯没有章北海这么强大的精神力量，必须靠思想钢印来为自己增加自由抉择的力量。表面看上去，那些被他盖上思想钢印的人，似乎也是以此增加了力量。但实际情况是，希恩斯和章北海一样，也是以自己的自由意志控制或劫持了钢印族。希恩斯和章北海的自由意志，改变了很多人的思想和命运。

大众民主中的自由意志和自由思想有能力战胜三体人吗？不要说希恩斯和章北海，即使那些珍视自由意志的人也并不相信这一点，而这也恰恰是面壁计划的思想基础：谁做面壁者，面壁者如何展开他们的计划，是不能由民众决定的。在面壁计划宣布的那一天，罗辑在联合国总部听到的，就是对这个问题的争论："你真的相信个人对历史的作用？"（Ⅱ.80）在《三体》中，我们看到的都是个人意志对历史的作用：叶文洁带来了三体危机，章北海和罗辑给危机中的地球人找到两条出路，程心和维德的争论决定了地球人的生死存亡。而大众的自由意志在哪里？在六十年代的大批判中，在对面壁者的微笑和愤怒中，在砸死雷迪亚兹、质疑面壁计划、侮辱罗辑的喧嚣中，在澳大利亚大移民时的争抢和飞船逃亡时的混乱中。但这仍然不意味着，剥夺人的自由意志就是正当的，因为，自由意志藏在每个人生命的深处，生命值得尊重，自由意志就不容践踏。但现在，自由意志却与全人类寻求生存的努力发生了矛盾。

人类社会此时的困境，就是契约理论的困境，因为自由意志的设定，是自然状态的基本前提：每个人都有完全的自由，可以采取任何手段完成其自我保存，因而才会陷入战争状态。进入社会状态后，社会契约就是所有人的自由意志的集合，可以代替所有人行使其自我保存的权利。在社会状态中，每个人仍然握有自我保存的权利，并拥有其自由意志，他们之所以会完全信任社会契约，是因为在生存目标和保存手段之间，并没有太复杂的推理。但是，如果从个人层面上升到国家乃至地球文明的层面，问题就变得不一样了。在国家与国家之间的对抗中，每个国家是作为一个整体出现的，有一个整体的意志，一个国家应该选择什么样的政体，选举谁来做领导人，等等，理论上应该由共同的自由意志决定。但在危机当中，人们没有直接选择国家灭亡的自由，而决定其生死存亡的，是一个远为复杂的问题，不能以简单的选择来解决。所以，在战争时期，重要的决定不可能由公意做出，而必须交给有经验、有知识的专业人士。在地球面临三体危机这样的极端和复杂情况下，涉及极其复杂的判断和关系重大的决定，更非每个人都有发言权。选定几个面壁者，是因为他们的特殊才能和地位，最有可能帮助地球取得抵御三体入侵的胜利，他们的意志虽然由个体操控，却已经不再仅仅是个人的自由意志，而是代表着所有地球人的集体意志。

前两位面壁者已经认识到，人类不可能战胜三体人，希恩斯和章北海的判断只是一个进一步的推论：既然地球人必败，逃亡就是唯一的出路。在三体危机初期，很多人做出了这一判断，逃亡主义曾经非常流行，但很快被联合国压制下去，因为不可能实现全人类的逃亡，所以必然会涉及"谁走谁留的问题"。（Ⅱ.33）由于每个人都有求生的自由意志，这必将是一个极其困难的裁决。"这不是一般的不平等，这是生存权的问题，不管是谁走，精英也好，富人也好，普通老百姓也好，只要是有人走有人留，那就意味着人类最基本的价值观和道德底线的崩溃！"（Ⅱ.43）联合国做出的决议，是宁可大家共同毁灭，也要维持人类社会的基本秩序，因而将逃亡主义定为反人类罪。在强调平等和尊重每个人的意志的现代社会，这成为一个无可避免的结论，但每个人都不认为是最好的选择。

尽管章北海口口声声说星舰国际上要思想自由，但他也非常清楚，在严酷的太空环境中，"你们所设想的那种人文社会是十分脆弱的"（Ⅱ.405）。这也正是三体世界不容地球上那种文明形态存在的原因。后来星舰国际中发生的每件事都证实了这一点，在关键时刻不容意志的自由选择：黑暗战役是否该发动以及什么时候发动、是否接受地球的召唤回家、是否应该向太空广播三体的坐标。其中，唯有最后这一次，在形式上是按照民主投票的方式进行的，这是因为，"启动广播对我们没有任何意义。现在，不论是地球的追捕还是三体的追杀，我们都逃脱了，两个世界都不再有威胁"（Ⅱ.187）。启动广播与两艘飞船的存亡没有直接关系，现在，他们已经不再是地球人，他们只是被命运"推到了对两个世界做出最后审判的位置上"（Ⅲ.188）。

对自由意志的尊重，和危急时刻人类整体的理性选择，这是一对不可化解的矛盾，即使不在契约社会也仍然存在。章北海的精神力量，不仅在于他对自己理性的坚持，而且在于他对社会规则的巧妙规避与成功利用。

由于不是面壁者，国际社会没有像对待面壁者那样对待章北海，所以他不必面对"对面壁者的笑"，因而也不需要把自己卷入自由意志的争论中。在他这里，自由意志只是生命的一个方面。章北海计划的最高潮，应该就是他精心策划的一场谋杀。他所杀的三个人和自己无冤无仇，只是因为他们主张工质推动飞船，而非辐射驱动飞船，阻碍了他的计划。章北海从陨石收藏者那里买到陨石，制成子弹头，然后在会议照相之时，向三个目标射击，不仅击中了他们，而且伤及另外两个无辜者。由于子弹头是陨石做的，人们都以为这是陨石雨所致，没有人怀疑是一场谋杀。（Ⅱ.230—231）知道章北海实施了谋杀的，只有智子以及地球三体组织的成员。但有趣的是，虽然智子一再强调，"注意力应该集中到逃亡主义者上"，"连失败主义者都比胜利主义者危险"（Ⅱ.231），他们中不仅没有人识破章北海就是一个坚定的逃亡主义者，甚至对智子的警告置若罔闻，"我们要真正认真对待为主服务的使命，就不能完全听信主的战略，它毕竟只有孩子的谋略"（Ⅱ.231）。章北海的隐藏实在太成功了。无论从道德还是现代社会的法制精神来看，他的行为都突破了底线，以致他在逃亡计划成功之后，还在不断忏悔二百年前做的这件事。但他认为这是对父亲在天之灵的安慰，是父子俩制订的整个计划的必由之路。这一行为，又像是从《三国演义》中走出来的奸雄之术，然而又非常巧妙地利用了民主投票与议事的基本规则，使结果朝向他希望的方向。这与现代世界民主制度中屡见不鲜的操纵选举的各种策略如出一辙。无论如何，章北海以他强大的意志，为地球人开辟了另外一个生存的希望。尽管那些被他劫持的人暂时丧失了自由抉择的权利，但他们终将赢得更多的自由意志。

章北海不仅可以炉火纯青地将《三国演义》中的权谋之术运用到现代民主社会乃至星际战争中，更重要的是他那强大的心理素质和精神力量。三体游戏中的孔子给出了最恰当的评价："他信念坚定，眼光远大又冷酷无情，行事冷静决断，平时严谨认真，但在需要时，可以随时越出常轨，采取异乎寻常的行动。"（Ⅱ.232）只有章北海的行动才最像达摩的面壁，这不仅是因为他做的一切都是一个人在做，而且因为他真的做到了明心见性，义无反顾但又极为理性和冷静地向自己的目标努力。他这个面壁者，没有破壁人，连他自己也不是，因为他根本没有让人看到壁。

五　活着本身就很妙

《三体》第二部的主角，毫无疑问是罗辑，而且在《三体》三部曲当中，罗辑也是塑造最成功、最值得研究的一个人物形象。在联合国指定的四位面壁者中，他只是一个不怎么合格的大学教师，在声望和地位上完全不能和另外三位相比。但他是最终的胜利者，而且作为执剑人和地球文明的守墓人，一直活到二百多岁，与太阳系一同被毁灭。罗辑和章北海分别给出的威慑与逃亡两条路线，是人类最终战胜三体危机的两个选择，当然也象征着现代心灵的两种选择。相比而言，章北海是三代军人，他的人格力量非同一般，他的成功是奸雄般冰冷的成功。而罗辑是一个普通人，一个有着诸多缺点乃至弱点的普通人。他所经历的怕与爱，痛苦与徘徊，误解与冷漠，以及最终的胜利，构成了作者极力刻画的面壁者形象。罗辑也不像章北海那样，从一开始内心就那么成熟，而是有着逐渐成长的过程。罗辑的形象，最好地揭示了普通人心灵的深度展开。

罗辑出场的第一句话是："活着本身就很妙，如果连这道理都不懂，怎么去探索更深的东西呢？"（Ⅱ.3）表面上看，这是对自杀身死不久的杨冬说的，但我们了解后来的故事后知道，这句话隐含着对全书主题的暗示，乃是对罗辑后来那句"宇宙很大，生命更大"简洁但丰富的诠释。当然，在这个时候，罗辑还不会想那么多，它只是反映了罗辑玩世不恭、随遇而安的生活态度。他对叶文洁描述自己的性格是："胸无大志，很浮躁的。"（Ⅱ.4）叶文洁却认为，他那是"正常人的生活"（Ⅱ.4）。即将参加最后的聚会的叶文洁已经预感到自己时日无多，面对自己引来的三体危机和组织内的分裂，心里应该是非常矛盾的。她研究了大半辈子的宇宙社会学要尽快传给一个可靠的人，这样才算尽了责任（Ⅱ.6）。把这个讲给罗辑，虽然看上去是偶遇，但对杨冬的这个同学，她也不是全无了解，哪怕未必确信他可以成为宇宙社会学的欧几里得，至少应该相信这个聪明的小伙子可以明白自己给出的两条公理和两个概念，并把它发展成一门学科，有可能对抗三体人的入侵。

此时的罗辑并不知道，这个玄而又玄的"宇宙社会学"究竟意味着什么，更不知道，简单的几句对话就会完全改变自己一生的命运，甚至引来杀身之祸。玩世不恭的他在开始研究这种"外星人的社会学"的时候，仅仅把它当成哗众取宠、学术娱乐化的一个由头。联合国秘书长萨伊对他的评价可谓一针见血："你从事研究，既不是出于探索的欲望，也不是出于责任心和使命感，只是把它当作谋生的职业而已。""你做研究的功利性很强，常常以投机取巧为手段，哗众取宠为目的，还有过贪污研究经费的行为；从人品方面看，你玩世不恭，没有责任心，对学者的使命感更是抱着一种嘲笑的态度。"
（Ⅱ.189）

联合国选中罗辑做面壁者，仅仅因为三体世界要杀他，但他们不知道的是，三体世界之所以要杀他，是因为叶文洁先选中了他。正在反思自己一生功过的叶文洁，之所以选中罗辑，除了因为他很聪明之外，大概最看重的就是他过着"正常人的生活"，甚至有些太正常了，以致变得油滑和轻浮，对什么事都心不在焉，更不可能关心全人类。眼睛像刀子一样的史强，却看出了罗辑这种生活态度背后，那作为面壁者的素质："你是我见过的最冷静的人之一。"（Ⅱ.58）就在罗辑借着作为面壁者可以调动资源的权力，趁机享乐，让坎特极为恼火的时候，史强却说："老坎先生，你以为这简单吗？这就叫大气，这就是干大事的人必备的大气！"（Ⅱ.138—139）史强和罗辑都是懂得日常生活的人，面壁计划的成功，取决于二人在二百年间的多次默契配合。

早在成为面壁者之前，罗辑就表现出了这种"大气"。面对三体危机，外面世界已经乱成一团了，而罗辑对越来越紧张的气氛全不在乎，对正在逼近自己的杀手更是一无所知，甚至调侃因三体危机出现的种种新现象、新计划，还能若无其事地找情人，向情人炫耀自己的小聪明，甚至差点把自己和叶文洁的对话当作炫耀的资本，只是因为对方不愿听而没有说出来。（Ⅱ.38—40）一方面，这种泰山崩于前而不变色的冷静令人钦佩；但另一方面，这种过于随意的态度又使他根本不关心世界的存亡，更不要说像章北海那样自觉地承担起救世主的角色。他自己说："这冷静来自于我的玩世不恭，这世界上很难有什么东西让我在意。"（Ⅱ.58）所以，罗辑在被指定为面壁者之初，先是极力拒绝这个使命，在发现根本不可能拒绝之后，在默思室里稍加思考，便决定："既然现在我剩下的只有这奇特的权力了，那何不用之？"（Ⅱ.101）罗辑口口声声说自己的享受是面壁计划的一部分，但这当然不是"谈笑间，樯橹灰飞烟灭"那样的运筹帷幄、胸有成竹，而是纯粹的享乐。史强虽然从中看出了大气，但也知道这并不真的是面壁计划的一部分。要让这大气化为真正的妙计，现在的罗辑还缺一些东西。

活着本身就很妙，罗辑可以在任何时候充分享受生活，在这个基础之上，才能去进一步探索更深层的东西。因为一切更深的东西，都是生活中的深度，如果没有认真生活过，没有对生活的基本理解，怎么去思考生活的深度呢？但是，现在的罗辑只有生活，还不能进入生活的深度，因为他始终浮在生活的表面上。用他自己的话说，他对什么都不在意。

进入深度的生活，其实也不神秘，只要认真起来就行。而对一切都满不在乎的罗辑，也确实曾经认真过一次。在飞往联合国的飞机上，罗辑自己都开始批评这种满不在乎的生活态度，他慢慢回忆自己的经历，一直想到了童年时候："现在，他闭起双眼想象着那两个为自己轻推摇篮的人，同时自问：自从你从那张摇篮中走出来直到现在，除了那两个人，你真在乎过谁吗？你在心灵中真的为谁留下过一块小小的但永久的位置吗？"（Ⅱ.62）这大概是小说中唯一一次提到罗辑的父母，轻轻一笔，但绝不是可有可无。在排除了所有其他人之后，他在乎的只有父母，这是"正常人的生活"所不可或缺的，是罗辑伸展他的反思之眼的起点。然后，他想到了父母之外的一个在意之人："有一次，罗辑的心被金色的爱情完全占据。"（Ⅱ.62）

但那几乎不能算是一个他真正在乎的"人"，只是一年前的女友白蓉和他玩的一个游戏，一个他自己幻想出来的文学人物。白蓉让他写一篇小说，作为送给她的生日礼物："你这篇小说的主人公就是你心目中最美的女孩儿，你要完全离开现实去创造这样一个天使，唯一的依据是你对女性最完美的梦想。"（Ⅱ.64）罗辑试了试不成功，白蓉就又教给他，不能只局限于小说的情节来想象，而要想象她的整个生命，罗辑于是设想了她的一生，她的成长，她的各种细节，虽然他始终没有把她写下来，但"他渐渐对这种创造产生了兴趣，乐此不疲"（Ⅱ.65）。很快，他创造的这个人物活了，不再受他的控制，在他根本没有安排的时候出现，做一些他没有设计的动作，甚至听他的课，和他交流。他能感到她的表情，她的温度，她的感受；他和她一起去玩，为她唱《山楂树》，和她经历喜怒哀乐。终于，他沉浸在对她的爱中不能自拔，乃至为了她和白蓉分手。因为爱上自己幻想出来的一个人物，而和真实的女朋友分手，这究竟是太在意一个人了，还是太不在意一个人了？心理医生说，这没什么大事，"大部分人的爱情对象也只是存在于自己的想象之中"（Ⅱ.74）。罗辑最投入的这次爱情经历，使他做出了深入生活之中最大的一次努力，虽然实际上深入的是幻想，而且很快就变淡了，"罗辑又开始了他那漫不经心的生活"（Ⅱ.74）。

当他向联合国索取一个梦幻中的伊甸园时，那也应该是漫不经心的，就像他花重金买下十七世纪沉船中的葡萄酒那样。享乐，是将自己浸泡在生活的泡沫中漂浮，虽然浸润甚多，却并不深刻。罗辑游戏人生的生活态度一向如此，此时更是这样浸润在生活中："罗辑感觉自己就像是湖中那艘落下帆的小船，静静地漂浮着，不知泊在哪里，也不关心将要漂向何方。"（Ⅱ.126）真正放荡的过度享乐，是把自己在生活中灌醉，溺死在泡沫中，虽然身上充满了生活的味道，但仍然未能深入其中。可罗辑始终没有让自己淹死，而是轻轻地、闲散地浮在生活的表面上，使身心得到充分的放松，不为外界的纷乱所扰。正是这种充分放松的状态，使罗辑从成为面壁者的那一刻起，"就开始了思考，而且从未停止过，只是整个过程是下意识的，自己没有感觉到"（Ⅱ.196）。联合国不给罗辑过多干扰，甚至不告诉他三体人在刻意刺杀他的做法也是对的，"我们认为最好能让你顺其自然"

（Ⅱ.188）。顺其自然，便是罗辑生活中最妙的地方。

顺其自然的悠闲与放松，并不只是让人体会生活的美好，因为生活中不只有美好，而放松可以让人更冷静地认识真实的生活。罗辑就体会到了强烈的孤独感，"这几天的悠闲不过是向着孤独的深渊下坠中的失重，现在他落到底了"（Ⅱ.128）。罗辑叫来了史强，让他帮自己找到那个梦中情人，大史不仅出乎意料地答应了，而且非常出色地完成了这个任务。他找来的那个叫庄颜的女孩，简直和罗辑想象的一模一样。庄颜，是"罗辑用自己思想的肋骨造出的夏娃"（Ⅱ.75），虽然这个幻象早就变淡了，但在这个伊甸园中，罗辑充分体会到了亚当的孤独，在这里不像在北京，他不能随便找个情人来打发时光——这里的生活是最纯净的，一尘不染，这使他心灵最深处的渴望也清晰地呈现出来。这里只能有一个夏娃，而这个夏娃也真的向他显现了。于是，罗辑和庄颜在一起游玩、聊天、看画、生子，伊甸园中的生活变得充实起来。"就在这大自然画卷的空白处，他明白了爱的终极奥秘。"（Ⅱ.151）爱的终极奥秘是什么？罗辑说不清，因为这奥秘就在于留白："那些空白才是国画的眼睛呢，而画中的风景只不过是那些空白的边框。"（Ⅱ.146）此中有真意，欲辨已忘言。可以用语言说出来的，都不是最重要的。庄颜本人，也是罗辑生活中一个巨大的留白。作者没有怎么写他们在一起的生活，除了那梦幻般的美丽天真和永远如水的忧愁外，我们几乎不知道庄颜的任何特征，在短暂的出场之后，她大部分时候都隐藏在小说的幕后。但这个留白，就像那始终说不清的生活本身，给罗辑这"正常人的生活"增添了厚实感和沉重感，使他不再浮在生活的表面。这就是使他探索更深的东西的力量。

联合国及时抓住了这种力量，用它来督促罗辑。他们让庄颜带着孩子，从伊甸园的生活中抽身而出，到末日去等他。正沉浸在美满生活中的罗辑说："我看不到全人类，我看到的是一个一个的人。我就是一个人，一个普通人，担负不起拯救全人类的责任，只希望过自己的生活。"已经连任联合国秘书长的萨伊对他说：

> "庄颜和你们的孩子也是这一个一个人中的两个，你也不想承担对她们的责任吗？""你不用想别的，就想想四个世纪后，在末日的战火里，她们见到你时的目光吧！她们见到的是一个什么样的人？一个把全人类和自己最爱的人一起抛弃的人，一个不愿救所有的孩子，甚至连自己的孩子也不想救的人。"（Ⅱ.187）

"与现在的生活相比，四百年后的世界算什么？"（Ⅱ.114）正是因为四百年看上去很漫长，罗辑才能始终抱着那种今朝有酒今朝醉的心态，在伊甸园里安度余生，但生活的真实深度使这种想法的荒谬逐渐清晰起来：一个人住在伊甸园里是非常孤独的，所以需要庄颜，庄颜的出现使罗辑再也不想回到那种孤独的状态。自从他感到孤独，自从他需要庄颜，他就不是只在享乐，而在无意中为自己增添了一份责任。但他还可以幻想和庄颜过完此生，距离四百年之后的末日之战也还会很遥远，他只需要为庄颜母子负责，而不必去考虑末日之战。但联合国把庄颜母子"绑架"到了末日，时间将彻底打碎这种幻想：如果罗辑不做任何努力，庄颜母子将在末日之战中目睹世界的最后毁灭。这使罗辑一下子明白了，对爱人的责任和对世界的责任是一回事，他早已不可能仍然浮在生活的表面，享受种种美丽的泡沫，既然已经沉到生活深处，就必须负起责任来，为生活做点什么，才能为他的家庭负责。生活的维度已经悄然展开，一个人的生活，哪怕他的世界中只有黑暗森林，也不会是完全孤独的，为他人负责，是任何人与生俱来的、内在于生命当中的责任。罗辑既然在乎他的父母，在乎庄颜和孩子，稍微思考就一定可以推出来，三体危机与他不是全然没有关系的。罗辑此前没有感到这个维度，只是因为他懒得推理，但庄颜也会越来越感到不安，这就是她那挥之不去的忧伤的原因。她也不断在问罗辑："你真的有战胜外星人的本领？"（Ⅱ.146）"我们这样生活，真的是面壁计划的一部分吗？"（Ⅱ.180）萨伊并没有给罗辑强加什么，只是把本来就内在于他的生活中的一个维度指给他看，使他意识到他本来就应该知道的事情。庄颜当然更没有欺骗他,她配合萨伊的行动,只是她以自己意识到的责任,来提醒罗辑的责任。深入生活,在根本上就是深入自己已经在过的生活。

萨伊来督促罗辑这一段,是小说中一个非常精彩的情节,像极了《埃涅阿斯纪》中麦丘利受到朱庇特派遣,来警告埃涅阿斯不可在迦太基沉溺于狄多的爱情,而必须前往意大利,完成他建立罗马的使命。[1]但不同之处是,埃涅阿斯要前往意大利,就必须彻底抛弃狄多,他的伟大事业与爱情生活是格格不入的;但罗辑不同,与庄颜的爱情恰恰是他完成其拯救人类伟大使命的根本动力,萨伊所希望的,正是让他对这种爱情生活有更深刻的认识。

六 面壁者罗辑

同萨伊的对话使罗辑意识到自己作为面壁者的身份,他瞬间进入了工作状态。他马上认识到,但又没有对萨伊说出来,自己之所以如此重要,三体人之所以要刺杀自己,就是因为与叶文洁的对话。理解叶文洁的话,开始研究宇宙社会学,这是罗辑工作的关键,是他为自己破壁的钥匙。"这个伊甸园仿佛是因爱人和孩子的离去而

---

〔1〕 维吉尔,《埃涅阿斯纪》卷四,第219—278行,杨周翰译,南京:译林出版社,1999年版,第87—89页。

失去了灵气。冬天是思考的季节。"童话般的幸福生活结束了，他必须进入思考，但前面的时间并没有浪费，"自己的思绪已到了中途"（Ⅱ.196）。

　　另外几个面壁者也都经历过复杂而又孤独的心路历程，才能确定不可能通过常规战术击败三体人，从而寻找一条非常不合常理的思路。他们都是在思考世界和宇宙的战略格局时，努力明心见性，品味只能和自己商议的这些问题。神风战士的遗书之于泰勒、《薄伽梵歌》的诗句之于雷迪亚兹、水有毒的判断测试之于希恩斯，与这个冬夜的星空之于罗辑一样，都有豁然贯通的意义。但与罗辑这种思考最像的，恐怕还是章北海。章北海的父亲为他确立了思考的方向；叶文洁则像罗辑的思想之母，为他立下了思考的法则。罗辑"白天睡觉、晚上思考"，在清冷的冬夜，面对头顶的炳朗星空，抚慰着刚刚逝去不久的温暖生活。"遥远的距离使星星隐去了复杂的个体结构，星空只是空间中点的集合，呈现出清晰的数学结构。这是思想者的乐园，逻辑的乐园。"（Ⅱ.199）作者为什么给他起名叫"罗辑"，这句话似乎给出了答案。逻辑，就是要将纷繁的生活极度抽象和概括，然后看其中的数学结构，换句话说，就是在思考中将生活低维展开。这是叶文洁曾经提示过的，看上去仅仅是一个点的星星可能都是一个甚至几个多维的文明世界，其中都有漫长的历史演化、无比复杂和动人的故事，可能每一个上面都有罗辑和庄颜这样的生命，生存着、爱恋着、痛苦着、思考着、牵挂着。但要把整个宇宙当成一个社会，考察宇宙文明之间的关系，就必须把这些深度和细节隐去，不再考虑每个文明内部的生命关系和社会关系，而把它们都还原为一个点，只考虑点和点之间的关系，也就是宇宙社会的关系。这就是为什么，空旷的天空所包含的信息，比《清明上河图》大一至两个数量级。（Ⅰ.49）

正是通过这种低维展开的逻辑思考，罗辑在面壁状态里越走越深："在他的感觉里，整个宇宙都被冻结了，一切运动都已停止，从恒星到原子，一切都处于静止状态，群星只是无数冰冷的没有大小的点，反射着世外的冷光。"（Ⅱ.199）就在他即将找到最后答案的时候，远处的一声狗叫把他拉回了现实。"与星空的简洁明晰相比，这近处的一切象征着数学永远无法把握的复杂和混沌。"（Ⅱ.200）罗辑就是在那数学的简洁和现实的混沌之间游走的。现实的混沌是不可言说的，是多维的，是温暖的生命，给了他思考的力量，但不能代替思考；数学的世界是简洁明晰也冷酷无情的，看不到真正的生命，满眼只有生命的符号，必须以绝对冷静的思考来面对和分析。一个生活在地球上的人，必须先在正常人的生活中沉下去，再准确地将生活中的深层关系浓缩为一个一个的点，才能研究这些点之间的关系。他当初浮在生活表面的时候并不能看到这个二维的宇宙星图，简单并不意味着肤浅。能够做到极度简单，是因为对生活有深刻的理解，生活的深度只是被浓缩和隐去了，而不是取消了，这就是罗辑的工作过程。黑暗森林的现实，就是在化为逻辑符号之后，生命与生命之间的关系。冰冷的冬天为他进行理性思考提供了场地，使他可以排除生活世界中那些混沌的干扰。罗辑走在冰面上，生活作为背景隐藏在了夜色中，他重新获得了那种极度明晰的状态，在他因踏碎冰面落进湖水中时，"刺骨的寒冷像晶莹的闪电，瞬间击穿了他意识中的迷雾，照亮了一切"（Ⅱ.200）。

生活如同一个星球，浮在它的表面上，只能看到它的一部分；深入其中，是进入了球体当中，却仍然看不到全局；低维把握生活，仍然需要在生活之外，看到的虽然是它的表面，却是全部的表面，与简单地浮在生活的表面并不一样。浮在生活表面，既不能深入生活之中，更不能把握生活的全局，玩世不恭的罗辑就处在这样的状态。当他完全深入其中，虽然可以深刻理解它的许多方面，却因为身在其中而不能把握全局。年轻时候的叶文洁和绝大多数地球人就处在这样的状态。要把握生活的全局，就要与生活保持一段距离，从而能够看清楚它的全貌，也就是它的低维展开。现在的罗辑，就是经过了对生活由浅入深的理解，又退出到生活之外了。但他和歌者那样完全外在的观察者不同，他不仅看到了生活全体的低维展开，而且是带着对生活的深层理解来看的。在歌者眼中，太阳只是坐标中的一个点，他不需要深入其中，也不会对它产生什么情感。但罗辑无法像他那样，轻轻把一颗星星擦去。

为了验证自己的理论，罗辑选择了距离太阳49.5光年的恒星187J3X1，在确保它的行星上没有生命之后，向宇宙广播它的恒星位置图，等待黑暗森林中的猎手捕捉到它。他把这形象地称为咒语。PDC问了罗辑一个问题：为什么不直接对三体世界发咒语呢？（Ⅱ.211）到了威慑纪元，就不会有人再问这么天真的问题了，这表明，他们还完全不理解黑暗森林的可怕与冷酷，不知道如果那样做，人类世界的灭亡会提前到来。罗辑向PDC解释说，因为三体距离太阳系太近，这样做很危险；而他对史强说，自己没有那个精神力量。心中尚有生活温度的罗辑，不可能像歌者那样优雅地毁掉一个世界。

在此之前，罗辑的享乐行为虽然遭到PDC的批评，但他还没怎么受到民众的质疑。无论是伊甸园中的生活还是诅咒187J3X1的行动，都是非常个人性的。他的面壁计划，尚未与地球社会发生激烈冲突。到他在二百年后冬眠醒来之时，罗辑先是被告知面壁计划的终止，以为"在做了两个世纪的救世主之后，他终于变回到普通人了"（Ⅱ.295），但在末日战役和黑暗战役爆发之后，他又猛然领悟到，自己还是对的，找回了面壁者的感觉。面壁者罗辑与现代社会的冲突，到这个时候才真正开始，其剧烈程度相当于其他几位面壁者的总和。

很快，联合国也正式恢复面壁计划，指定罗辑为唯一的面壁者，因为他诅咒的187J3X1被摧毁了。正处在极度恐慌和混乱中的人们，把罗辑当成了正义天使或超级文明代言人，对他顶礼膜拜。始终保持着清醒头脑和生活常识感的史强坚决不信。于是罗辑向他讲述了黑暗森林理论，但仍然对PDC保守秘密，也犹豫着没有把叶文洁的名字告诉她的抓捕人史强（这已经是继情人和萨伊之后，罗辑第三次把叶文洁的名字咽回去了）。这个时候，罗辑面壁的含义已经悄悄发生了变化。他最怕的已经不是智子，而是人。黑暗森林理论，对三体世界不是秘密，三体世界也早已清楚罗辑知道这个理论，但太阳已经封死，地球三体组织也已消失，罗辑说出来，既不会改变三体世界与太阳系之间的战略格局，也不再会增加被暗杀的危险。史强说，如果这时候罗辑说要对三体世界建立威慑："你会像雷迪亚兹那样被人群用石头砸死，然后世界会立法绝对禁止别人再有这方面的考虑。"（Ⅱ.448）这才是问题的关键。

威慑这种策略，和雷迪亚兹的思路是一样的，其核心都是同归于尽。国际社会对雷迪亚兹的愤怒，完全可能发生在罗辑身上。几位面壁者早已清楚，凭借常规方式，三体舰队不可能被打败，而在末日之战发生后，这一点已经被真切地证实了。除了逃亡之外，威慑是唯一的办法，但即便到了现在，两者也都是不可能通过常规方式讨论通过的。章北海的逃亡计划，必须以极端隐蔽的方式才能完成。而罗辑方案的危险程度远远超过了章北海，他如果把黑暗森林理论和威慑设想公之于众，必然会引起轩然大波，即使不被民众砸死，也很难得到执行。联合国面壁委员会主席一语道破了天机："面壁计划这种事，本来也是不能被现代社会所容忍的。"（Ⅱ.450）

面壁计划的基本原则是完全违背自由民主精神的，这是国际社会与面壁计划争论两百年的原因所在。契约社会的心理基础是自由意志，道德基础是讲真话。主权代表人民的公意，没有理由向公民隐瞒什么东西。如果因为紧急状态而不得不隐瞒，事后，这些秘密做出的决定，在理论上也应当公之于众，接受大众的审判。面壁计划进行后，面壁者和公众才逐渐认识它究竟是一种什么样的计划。

微笑，是国际社会对面壁计划的第一个态度。上自联合国秘书长，下至普通民众，甚至连刺杀面壁者的凶手，都自动学会了这种微笑，它意味着崇拜、宽容、支持，但也意味着距离、冷漠和要求。表面看来，这种微笑赋予了面壁者君主般的权力，可以做任何事，甚至包括欺骗和各种违法的事，但同时，也拒绝了任何真正的交流与理解，以宽容的姿态，将面壁者的心灵死死封住，但又对它提出无限大的要求。民众在接受面壁者不可理喻的行为的同时，都相信在这背后有伟大的真相，不论表面上多么令人迷惑，这真相本身一定是对自己有利的，并且有朝一日会大白于天下，而那也就是在地球人战胜三体人的伟大时刻。这真相只是暂时无法讲出来，好像大家是在一个大的游戏当中，都等待着游戏终结的伟大时刻。

然而，大家没有等到这个伟大的时刻。泰勒的真相以可耻的方式暴露出来，随后他又可耻地自杀了。随着第一个面壁游戏的终结，人们开始意识到，面壁计划并不是一个值得期待的游戏，那背后的真相可能是非常可怕甚至荒谬的。大家都有了一种受骗的感觉，对面壁者的笑消失了，取而代之的是愤怒、嘲弄与咒骂。而雷迪亚兹和希恩斯更是相继证明，他们的计划与泰勒相差无几——战略上的差别在地球公众看来，可以忽略不计——对他们来说，其荒谬与可怕是一样的，其中每一个计划都在否定现代社会的基本理念，都会把人类社会置于极端危险的境地。然而，这就是真相本身：人类无法以常规手段战胜三体人，而任何非常规手段都有风险。面壁者只不过是一次又一次使人们认识到这一点而已。归根到底，人们既不愿意接受无法战胜三体人的真相，也不愿意自己的生命和自由意志受到伤害，而又不断要求获得真相，这就是面壁计划与现代社会的固有矛盾。联合国授予面壁者巨大的权力，本意是为了欺骗三体人，但三体人并不真正关心那三个面壁计划的真相，也不在乎受骗，但这真相对地球上的现代人都是致命的，他们一旦得知真相，就可能砸死面壁者。面壁计划的这个困境意味着：以完全自由民主的方式，不可能战胜三体人。

　　第一轮面壁计划的终结，既是因为前面三个面壁者的真相都已暴露，也是因为，在仅存的两个面壁者尚在冬眠的时候，地球人已经忘记三体危机这个真相了。人类社会经过大低谷，经过第二次文艺复兴、第二次启蒙运动、第二次法国大革命，重新认识了自由民主的原则，对自由意志和真理更加珍视，但把先进得多的三体人就要来到太阳系和地球科学早已被智子锁死这些铁一般的事实，完全抛在了脑后（第二次启蒙运动中似乎没有出现第二个霍布斯或达尔文，来帮助人们思考这个问题）。他们更希望按照自由意志做事，更要求知道政治操作的真相，当然也更有能力知道这些，但对黑暗森林这样的事实却距离更加遥远，因为他们距离宇宙的真相更加遥远。

这是一个诡异的悖论：自由意志加要求真相，意味着无视真理，人们只会看到自己想看的。这与三体人的名言正好相反："通过忠实地映射宇宙来隐藏自我，是融入永恒的唯一途径。"（Ⅱ.467—468）自由生活是甜蜜的，而真理是冰冷的。第二轮面壁计划开始的时候，罗辑就处在这样的社会中，人们可以清晰地看到他们希望看到的一切，却无视近在眼前的真理。从联合国到普通民众，本来都认为他的神秘主义咒语荒唐可笑，连他自己都信了。直到太阳系武装力量被水滴打得全军覆没，国际社会才如遭棒喝，面壁计划成为地球自救的唯一希望，罗辑也因而成为人类唯一的救星。然而，这并不意味着人类在反省自己的错误，他们虽然为了生存而接受了新的面壁计划，但面壁计划与现代社会的矛盾仍然存在，甚至更加尖锐，所以新的委员会主席才能一针见血地指出问题所在。但这并不是对面壁计划的否定，而是以更加苛刻的眼光看待无法回避的面壁计划。新一轮的面壁计划比第一轮有着大得多的张力。罗辑已经很难再见到对面壁者的笑。他的咒语一旦应验，人们就像神一样崇拜他，对他的命令言听计从，他几乎成为一个独裁者；联合国却赤裸裸地以庄颜母子来要挟罗辑，要求他公布自己的战略细节，而这是第一轮面壁计划里不可能出现的。一年半之后，由于罗辑无法证明自己是正义天使，民众的崇拜迅速变成了失望与鄙视。

七　留白与破壁

但就是在这种巨大的张力中，罗辑已经悄然开始工作了。这个时候的罗辑，经过数次剧烈的起伏变化，好像已经有了章北海那样强大的内心和深藏不露的韬略。他不断对外宣称，由于太阳的电波被水滴锁死，他无法向太空发送咒语，对于抵抗三体入侵无能为力。他整天闭门不出，借酒浇愁，蓬头垢面，一身病态。两个国际和普通民众都相信了他的这一说法，也认为他确实已经无能为力。民众对他越来越失望，两个国际却希望借助他的威望来整顿面临崩溃的社会秩序，让罗辑领导雪地工程，以便测出九个水滴到达太阳系的时间。但在这个高度自由的社会中，民众可以很容易获知政治的真相，他们知道这个雪地工程不能救世，而且不是面壁者的计划，"只是联合国和舰队联席会议借他的权威推行的一个计划而已"（Ⅱ.453—454）。虽然联合国已经将逃亡主义提上日程，但逃亡主义必然带来的不平等问题并不能获得解决，再加上黑暗战役的发生，"逃亡主义在公众眼中变得更邪恶了"（Ⅱ.454）。罗辑全身心地投入雪地工程，完全把自己陷入细节当中，为每颗氢弹安装小型离子发动机，确定氢弹的部署位置，等等。无论在联合国和舰队联席会议眼中，在民众眼中，还是在智子眼中，他如此深地介入雪地工程的细节，只是在毫无意义地逃避现实。而且聪明的民众也知道，罗辑做所有这些，不过是为了尽快见到自己的妻儿。民众不仅对罗辑失去了信心，面壁计划也越来越变得毫无意义。人们甚至愿意相信，187J3X1的爆炸只不过是一次偶然事件，和罗辑的咒语无关，他作为面壁者的最后基础也被打掉了。当然也更没有人愿意给他"对面壁者的笑"了。

然而所有这一切，都成为罗辑放出的烟幕弹。在这面临崩溃的绝望时代，罗辑使用了将计就计、借力打力的太极手法。既然谁都认为除了太阳电波，地球人再没有别的办法广播恒星位置，罗辑就一再强调这一点，并且不断表现出自己的绝望，而他的头脑却在寻找着替代方案。联合国与舰队联席会议那拙劣的办法骗不过民众，罗辑却不仅成功地借助它骗过了所有人，特别是骗过了智子，而且找到了新的灵感。现在，民众越是对这一切失望，联合国的策略越是显得拙劣，对罗辑就越有利，他就越可以瞒天过海，在逃避现实的幌子下，悄悄部署了巨型的坐标图。"他在公众眼中的形象由一个救世主渐渐变成普通人，然后变成大骗子。目前，罗辑还拥有联合国授予的面壁者身份，面壁法案也仍然有效，但他已经没有什么实际权力了。"（Ⅱ.455）智子同样认为面壁计划毫无意义，将对前三位面壁者的轻视转移到罗辑身上。（Ⅱ.466）

这策略所要求的心理承受力，也远远超过了第一轮面壁计划。泰勒、雷迪亚兹、希恩斯，加上章北海，只不过是用了声东击西、避实就虚的策略而已，他们所承受的心理压力，也只是来自智子和破壁人的眼睛，以及民众的质疑，但这些还都能掩盖在对面壁者的笑容之下。但罗辑投入的，却是自己全部的形象和名声，在借力打力之外，又添加了一层耶稣受难的味道——那不是苦肉计，不是做出来的样子，他虽然偷偷完成了自己的部署，但磨难、失望、羞辱、唾骂都是真实的；他也完全不确定，自己的伟大使命能否完成。他如同一根枯木般蜷缩在垃圾堆一样的房间里，憔悴瘦弱，满眼血丝，要靠轻微的动作来证明自己还活着。"两个世纪的磨难这时已经在他身上聚集起来，把他完全压垮了。"（Ⅱ.457）

那个冷雨霏霏的秋夜，既是罗辑的生活跌到谷底的时候，也将是地球人与三体世界决战的前夜。对罗辑彻底失望的邻居们，也就是不久前还在把他当救世主来崇拜的人们，决定把他逐出小区。"面对着这个已经耗尽了一切的人"，居委会主任毫不怜悯，这个给她带来希望又打碎了希望的人，早已令她恼羞成怒。尽管居委会主任答应他可以明天再走，罗辑当晚就离开了，孤身走进了冰凉的秋雨中。"沙漠和天空在暮色中迷雾一片，像国画中的空白。"（Ⅱ.457—458）这个秋夜的沙漠，和那个冬夜的伊甸园，形成鲜明的对比。在伊甸园，庄颜是罗辑生活的留白，是一切的开始，他关注的是星空；而今，这个无星的雨夜成为留白，这个关心着星空与庄颜的男人艰难地行进着。有两次，空白被打破了。先是热情的一家三口邀请他搭车，他甚至在车里听到了当初为庄颜唱过的《山楂树》，但在被认出是面壁者后，罗辑被赶下了车，追着车子"听着《山楂树》消失在冰冷的雨夜中"（Ⅱ.458）。罗辑在公交车站避了近一个小时的雨，才等到一辆公交车，在车上人认出他后，他还是被强行赶了下去。

这些人对他的轻贱和侮辱，是在罗辑意料之中的，也可以说是他有意造成的，他或许不那么在乎。但罗辑随后才是真的上了战场，他内心的折磨才真正开始。那战场就在叶文洁和杨冬母女的墓旁，就是二百一十年前改变他命运的那个地方。他为自己挖了墓穴，靠着叶文洁的墓碑睡着了，但没有梦见叶文洁母女，而是梦见了雪地上的庄颜母女。这是一场撕心裂肺的噩梦，"她和孩子都在向他发出无声的呼唤，而他则向她们拼命喊叫，让她们离远些，因为水滴就要撞击这里了！"（Ⅱ.460）

庄颜远去，留下一串脚印，又成为一幅国画。"罗辑突然悟出，他们走得再远也无法逃脱，因为即将到来的毁灭将囊括一切，而这毁灭与水滴无关。"（Ⅱ.461）这场梦正是萨伊描述的末日场景，如果真的发生，惨烈程度将远远超过水滴对太阳系舰队的攻击，而这场灾难的制造者却正是罗辑本人——萨伊劝说他努力防止末日的灾难，但经过二百年之后，他却要亲手毁灭妻儿和整个太阳系。从再次成为面壁者之后，这才是对罗辑最大的折磨，是耗尽他体力的真正原因。

经过一夜的折腾后，巨大的精神压力使罗辑发了高烧，牙齿颤抖，"他的身体像一根油尽的灯芯，在自己燃烧自己了"（Ⅱ.461）。面对叶文洁墓碑上的一只蚂蚁，罗辑的心"最后一次在痛苦中痉挛"，他对这很可能会被自己杀掉的蚂蚁，说出了和对居委会主任说出的同样的一句话："如果我做错了什么，对不起。"（Ⅱ.457，461）这话是对地球上所有的生命说的。然后，罗辑用手枪抵住心口，以自己的生命以及两个文明作为赌注，通过智子向三体世界喊话，第一次讲出了自己在雪地计划中的精心布置。水滴对太阳的封锁瞬间解除了，另外九个水滴和三体舰队也瞬间飞离了太阳系，高悬于地球上二百多年的威胁瞬间消失。罗辑的面壁使命终于完成了。

罗辑之所以能最后胜利，当然首先是因为他掌握了黑暗森林的原理，并由此成功建立了对三体世界的打击威慑。为了做到这一点，他既要瞒过无所不在的智子，更要躲过急于知道真相的民众，当然也绝对不能让两个国际的任何官员知道——这使他的策略始终不像一个政治策略，而只是他个人的秘密。这样，他就逃过了智子、民众、政府的三重监视，始终把最重要的部分藏在自己心底。知道他理论的地球人只有史强，但史强也不知道他如何利用这理论来对抗三体世界，他和智子一样，以为罗辑已经无能为力了。能够做到如此绝对的保密，正是因为他生活在自由社会。虽然面壁计划与这个社会有激烈的冲突，但二者也是相互成就的。

试想，如果罗辑是一个君主制社会的绝对君主，处在同样的情况下，那他会怎么做呢？他的做法应该更像泰勒和雷迪亚兹，动用巨大的政治和经济资源，声东击西，混淆视听，而不会遭到民众的公开质疑，承受的心理压力要小得多。但智子会始终将注意力集中在他的身上，仔细审视他的一言一行，只要他露出一点迹象，比如在确定氢弹的位置时，以及向物理学家咨询智子的二维展开时，就一定会被发现。一个君主或社会名流的位置，必然是探照灯的焦点，无处可逃。

恰恰因为罗辑生活在一个自由社会，他才可以让自己始终过着普通人的生活，隐藏在民众的失望、谩骂、侮辱、嘲讽背后，在智子眼皮底下瞒天过海，哪怕工作中露出一些可疑之处，也不会引起怀疑。面壁计划与自由社会的原则格格不入，这既是它的最大缺陷，也是它的天然优势。在四位面壁者中，普通人罗辑才最适合这个角色。那三位面壁者，美国政府要员、委内瑞拉总统、英国著名科学家，都是生活在光环之下的人，他们想出的宏大策略也都闪闪发光，无法躲过民众之眼，也就无法躲过智子之眼。但罗辑没有这些光环，也没有这些负担，这恰恰是他最大的优势。在第一轮面壁计划中，这还不那么明显，因为地球三体组织把他锁定为最危险的敌人，不断刺杀他，罗辑虽然动用的资源最少，但也是出警入跸，前呼后拥，他无法发挥自己的优势。但经过二百年的冬眠后，地球三体组织已经消失，他已不用再担心无处不在的刺杀。唯一一次，是在末日之战后水滴飞向地球时，他又自作多情地以为水滴是来杀他的，让北京市长和史强着实嘲笑了一番（大概躲在暗处的智子也在嘲笑他），这把他彻底打回为一个普通人。他甚至坚持留在自己那窄小而肮脏的住处，面壁委员会主席说："看来，您仍然没有什么改变。"（Ⅱ.450）但他错了，罗辑有了巨大的改变，他不再以那个伊甸园或地下防空洞为太阳系防御战争的指挥中心，这是两轮面壁计划中罗辑的最大不同。最开始，他住的小区还处在戒严当中，但当所有人都认为罗辑不再重要了，戒严也就松弛了下来，取而代之的是众多的抗议者和新闻记者，他的计划也就越来越接近于完成。

当满脸憔悴的罗辑孤苦伶仃地走在大街上，虽然备受人们的白眼与辱骂，但没有一个刺客来杀他，智子也对他不屑一顾——其实，如果智子这时候再找人来杀他的话，那就是自取灭亡，因为罗辑的摇篮装置已经配好，他的死将导致两个世界的毁灭。而智子对这样巨大的危险居然还茫然不知。罗辑现在揭示出了面壁计划最后的秘密：最重要的不是民众的支持，而是他们的忽略、蔑视甚至侮辱。只有这样，他才能成为独自面壁、不受干扰的达摩。

凄风苦雨中人情淡薄，是这个秋夜本来的色调，也就是这幅画的留白；已经完成决战的准备、踽踽独行的人影，是它的另一个色调，给了这幅画生命和主题。二者缺一不可。这就是现代自由社会的两个方面：在那表面看起来非常肤浅、非常躁动也非常冷漠的绝对平等、绝对自由、绝对民主下面，却掩盖着生命中巨大的力量。这种力量是不属于这个社会的，却要借着这个社会才能发挥最大的作用；这种力量本来是这个社会不允许的，却是唯一能拯救它的希望。在这个社会当中，拯救它的"英雄"注定是孤独和被厌弃的，但这个社会是他的家，是他离不开的地方；为了拯救这个社会，他必须忍受孤独和凄苦，就像基督一样。罗辑的心理世界与这个社会完美地处在冲突中，这冲突也刚好能使彼此平衡，发挥出足够的力量。这个社会，远比三体人的集权社会更丰富、更多层，却是三体人更加不能理解的。

罗辑面壁二百年，终于破壁，这是张僧繇意义上的破壁。在第三部，作者对作为执剑人的罗辑的描写直接点出了这一点："他的存在使这个空眼球有了眸子，虽然与大厅相比只是一个黑点，却使荒凉和茫然消失了，眼睛有了神。"（Ⅲ.131）庄颜说，留白是国画的眼睛，风景只是它的边框。但这只是中国美学的一个方面。如果只有留白，没有风景，那留白也就没有意义了。张僧繇的"画龙点睛"则是这套美学的另一个方面，眼睛虽然小，却给整幅画带来了灵魂。留白与点睛结合，才包含了"面壁十年图破壁"的真正内涵。罗辑不仅解除了危机，而且给了人类的生活一双眼睛——他自己就是人类的眼睛——地球世界才走向成年。他向世界讲清楚了自己作为宇宙社会一员的位置，让人们看到了黑暗森林中随处存在的危险，并且深深地了解到，自己此前没有暴露，只是某种偶然的幸运。并且，他也帮自由民主社会展开了一个维度，使这个社会看到了本来就内在于其中的一个面向。这个维度与它表面宣称的那些价值都是冲突的，但若没有了它，整个社会可能在瞬间瓦解。人们生活了许久的这个社会，比他们想象的要复杂。而以后，不论多么不情愿，也应该按照罗辑指出的方式生存下去。人类世界进入了威慑纪元。

第四章　死亡与不朽

一　生命的爱与力

《三体》第三部的题目是"死神永生"，这是一个充满矛盾的题目。第一眼看上去，这个题目极为恐怖，死神不仅来了，而且永生，那就没有任何生命可以逃脱死亡。"死亡是唯一一座永远亮着的灯塔，不管你向哪里航行，最终都得转向它指引的方向。一切都会逝去，只有死神永生。"（Ⅲ.312）但再进一步想，带来死亡的死神，为什么会永生呢？如果死神会永生，是否就意味着，生命也是永远存在的，因为，虽然每一个生命体都会死亡，但总有生命存在，才能为死神所收割，否则，如果没有任何生命了，也就不再需要死神了。在"死神永生"这个无法克服的大限面前，生命在顽强地蠕动、更新和延续着，以显示其哪怕只是虫子般的尊严。枯槁之中有生意，"死神永生"的另一面是：生命永恒。

三体危机的实质，是在黑暗森林中无处不在的死神面前，面对生命的意义。从危机最初出现开始，人类文明的最终毁灭，就像一个幽灵般徘徊在人类社会之上。随着黑暗森林威慑的建立，一方面虽然解除了三体危机，但另一方面，黑暗森林这个生存处境却无比清晰地呈现在人类面前，世界毁灭的可能性，不再是一个模糊的幽灵，而是一个近在咫尺的现实。"这个在篝火旁大喊的孩子立刻浇灭了火，在黑暗中瑟瑟发抖，连一颗火星都怕了。"（Ⅲ.78）《三体》第三部，便是这个可能性越来越清晰，并最终实现的故事。

已经完成自己最重要使命的罗辑，是而今世界上最理解生死问题的人。在设计威慑控制中心的时候，罗辑只有一个要求："像坟墓一样简洁。"（Ⅲ.127）在坟墓中守护生命，便是对威慑的最佳诠释。只有清楚地认识到黑暗森林中徘徊的死神，才有可能为地球文明争取到最大的生存机会。当罗辑以一人之力建立这个威慑的时候，虽然联合国和人类精英都开始认识到这揭示出的巨大危险，但人类社会的大多数人并没有这个意识，而是陷入了非常激烈的争论。罗辑赢得的和平，使人们忘记了黑暗森林中的死神，大多数人仍然无法从黑暗森林的角度，理解生命的低维展开。

国际社会并没有因为罗辑的功绩而感谢他和面壁计划，反而在危机过去后进一步否定面壁计划："人类当时像个第一次走向社会的孩子，对险恶的外部世界充满了恐惧和迷茫，面壁计划就是这种精神冲击的产物。随着罗辑把威慑控制权交给联合国和太阳系舰队，人们认为面壁计划这一历史的传奇永远结束了。"（Ⅲ.97）这种否定充满了自相矛盾，好像在威慑建立之后，人类就不再对外部世界"充满了恐惧和迷茫"，而不是刚刚开始这种恐惧和迷茫。这种幼稚的否定，实际上是自由社会主流价值观对面壁计划的看法，面壁计划代表着它自身之内那个人们非常不喜欢，但又深深依赖的维度。

"威慑博弈学"的诞生使地球和三体世界的学者深入研究了黑暗森林威慑的实质，并得出了一些重要成果。第一，"如果黑暗森林威慑的控制权掌握在人类的大群体手中，威慑度几乎为零"。第二，"个体的反应无法预测。黑暗森林威慑的成功，正是建立在罗辑个体的不可预测上"（Ⅲ.98）。这两个命题加在一起，其结论就是：黑暗森林威慑不能由民意掌握，只能由特定的个体掌握。威慑度高达91.9%至98.4%的罗辑是一个再合适不过的人选。所以，"联合国和太阳系舰队立刻把威慑控制权交还给罗辑，就像扔出一块滚烫的铁"（Ⅲ.98）。罗辑成为执剑人，掌握着两个世界之间的战略平衡，执剑人就是面壁者角色的继续，因而，"面壁计划并没有成为历史，人类无法摆脱面壁者的幽灵"（Ⅲ.99）。这个社会中的日常事务可以由联合国和太阳系舰队处理，但凡是涉及地球与三体世界关系的，这至关重要的部分，"都不可能绕过执剑人，没有执剑人的承认，人类的政策在三体世界没有任何效力。这样，执剑人就成为像面壁者一样拥有巨大权力的独裁者"（Ⅲ.100）。执剑人与面壁者的最大不同是，他不再需要隐藏自己的策略和目的，他的重要性和权力都是确定的。但这并不意味着这是一个更加专制的社会，相反，这是一个极度自由的社会。这样的自由社会，却依赖着一个绝对君主，其张力远大于危机时代。这个君主，在庄严而冷峻地面对黑暗森林，保护着地球文明的生命；由于他的保护太成功了，人们才能深深地沉浸在生活当中，忘记了他的重要性，甚至认为，生活如此幸福，不需要那么冷酷的君主来保护了。

　　这种张力，正是生命的低维表面与其内在深度之间的张力。当时的地球上出现了鹰派和鸽派。鹰派"主张向三体世界提出更加苛刻的条件，企图彻底解除三体世界的武装"，鸽派认为："人类和三体两个文明要想建立一个和平共处的世界，必须以泛宇宙的人权体系为基础，即承认宇宙间所有文明生物都拥有完全平等的人权。而要使这样一个泛宇宙人权体系成为现实，就必须对罗辑进行审判。"（Ⅲ.100）鹰派主张的实质，是使人类一劳永逸地消除三体世界的威胁，让地球人在可知的宇宙范围内取得霸权。他们认为罗辑对三体人的态度还不够强硬。鸽派的理论，就是将社会契约理论推向宇宙，建立宇宙契约，而无论地球还是宇宙上的社会契约，其前提都是主体间的平权关系。罗辑如果毁灭了187J3X1恒星系中的生命，鸽派就会认为违背了宇宙人权。

这两派都不喜欢罗辑，因为罗辑处在中间位置，他建立的威慑平衡和两派各自的主张都不同，既不是鹰派希望的那种高枕无忧的霸权，也不是鸽派幻想的那种宇宙大同，而是随时都可能演变为毁灭性的战争。威慑平衡的思路来自冷战，而这种平衡也确实更接近地球国际法所达到的状态。

两派都试图使人类完全消除黑暗森林的威胁，无论哪一派的主张获得实现，地球的命运都不再取决于执剑人和两个世界的战略平衡，自由民主的常规秩序都将贯彻到底。而只要执剑人存在，他就无可争议地掌握着两个世界的生死存亡，是实际的君主。这就是威慑纪元的社会特质："一方面，人类社会达到空前的文明程度，民主和人权得到前所未有的尊重；另一方面，整个社会却笼罩在一个独裁者的阴影下。"（Ⅲ.100）但两派都忘了，这种平衡既来自对黑暗森林之现实的正确认识，更是对生命之深浅两重含义的平衡。他们都没能真正理解黑暗森林的理论，都不清楚地球生命在整个宇宙中的位置。因而，他们的主张都过于理想，不可能实现。三体世界的技术比地球人仍然高出许多，威慑可以使他们不再入侵地球，但人类根本不可能逼迫他们彻底解除武装，更不可能让他们裸遗民。同样的，建立宇宙契约当然需要双方的共同意志，否则就只能是地球人的一厢情愿。两派的共同特点是，试图逃避黑暗森林状态，而不是面对它。地球人既没有足够的力量称霸宇宙，更不可能奢望黑暗森林中充满了天使，威慑便成为唯一有效的生存途径，这种社会形态只能继续下去。维系着两个世界平衡的罗辑，也同样维系着地球上两种价值观之间的平衡。罗辑是外在于这个社会的主流的，但他才是这个时代的实质象征。

由执剑人掌握的威慑状态，将成为地球世界的常态，而要维持这一状态，则必须做好新老执剑人之间的更换与交接。选举执剑人，就成为这个社会中的一件大事。地球人如果选错了执剑人，三体人可以迅速占领地球。执剑人选举，成为对地球民主社会的一场严峻考试。而地球上的各种力量也展开了角逐。程心和托马斯·维德，这两个完全相反的形象，成为焦点。

如果说罗辑是这个时代更全面的象征，程心和维德则是两种价值观各自的极端体现，他们分别代表了生命的两个方面。程心是一个充满爱的形象，有着对生命最深度的关怀，却几乎完全无视其低维存在；维德则是一个充满力量的人物，对人类的处境有清醒的认识，却不愿意进入到生活深处的细节当中。

在危机初年，维德和程心都在行星防御理事会战略情报局（PIA）工作，维德是局长，程心的顶头上司，他们共同设计了阶梯计划，把暗恋程心、身患绝症的云天明的大脑送到了太空。然而这次成功的合作并没有使程心感到愉快，反而成为她的噩梦。维德见到程心的第一句话就是："你会把你妈卖给妓院吗？"（Ⅲ.42）吓得程心手足无措。副局长瓦季姆向程心解释，这是情报行业内的一个说法，因为欺骗与背叛是这个行业的核心。然而，这话对维德有着更实质的意义，成为维德的一种标志。他的另外一个标志是，像野兽般声嘶力竭地咆哮："前进！前进！！不择手段地前进！！！"（Ⅲ.50）这两句话合在一起，便是维德的形象，人们感觉不到他的私生活，他"仿佛就是一台工作机器，工作之外就在某个不为人知的地方关机了"（Ⅲ.61）。他有无比强大的力量，可以不顾任何道德底线，不达目的不罢休。他"喜欢看到别人绝望，即使处于绝望中的也包括他自己"（Ⅲ.56）。维德为了实现自己的计划，残忍地杀害了瓦季姆——在三部曲中，叶文洁、章北海、维德各有一场谋杀，象征着三个人各自的精神力量。程心推荐了云天明作为阶梯计划的使命执行人后，维德却告诉他，正是云天明，花巨资买了恒星DX3906送给了程心，然后愉快地欣赏着她那纯粹的绝望与痛苦，那时候他真像一个魔鬼。但他绝不是魔鬼的代言人，而是力量的化身，是在悬隔了生活世界之后的纯力。他虽然做事不择手段，但没有一件事是出于私利；他虽然喜欢欣赏他人的绝望，但从未为恶而恶。PIA之所以在侦察三体世界方面成绩卓著，"成为一个传奇般的机构"（Ⅲ.108），与他这第一任局长的工作是分不开的。

在维德的反衬下，程心的形象也就清晰了。她是一个充满爱的女人，她的爱极为纯粹，纯粹得有些幼稚。程心是母亲捡来的孤儿，母亲因此而长期没有结婚。长大以后，母亲为了让她体验父爱而找了一个男人，这个父亲也是因为母亲对程心的爱而爱上妈妈的。母亲说："咱们仨是因为爱走到一起的。"这种身世，让程心一直希望有机会为爱做点什么。（Ⅲ.112）在学生时代，她就是一个关心所有人的人："她说话不多却愿意倾听，带着真诚的关切倾听，她倾听时那清澈沉静的目光告诉每一个人，他们对她是很重要的。"她对云天明并没有什么特别的情感，但"她是唯一一个知道他的脆弱的人，而且好像真的担心他可能受到的伤害"。甚至对一般女生都很厌恶的虫子，她都担心被踩死。（Ⅲ.35）她曾对瓦季姆说："人类不是一个抽象的概念，对人类的爱是从对一个一个人的爱开始的，首先负起对你爱的人的责任，这没什么错。"（Ⅲ.63）这段话与萨伊在伊甸园对罗辑说的那段话相互呼应（Ⅱ.187），萨伊让罗辑从一个一个的人看到全人类，程心却天然地知道，对全人类的爱是从爱一个一个人开始的。程心和庄颜非常相似，我们很难找到她们的什么性格特点，但她们都是爱的象征，是深度生活中不可言说的真意所在。作者让程心代表爱，以至于使她尽可能脱离了理性思考，使她在社会生活中像一个天真的孩童。她得到的那颗恒星，就是这种爱的标志。

程心和维德本来与罗辑是同时代的人，岁数相差不多。在罗辑被宣布为面壁者并随后遭到刺杀的时候，他们就在不远处。（Ⅲ.55）但是，冬眠拉开了他们的距离，在罗辑已经成为百岁老人的时候，程心冬眠醒来，不到三十岁，她的爱依然盎然绽放。维德由于冬眠的时间没她久，苍老了许多，力量也显得成熟了许多。他们就像阴阳两个天使，跨越两个世纪来到了威慑时代。

程心发现，她来到的这个时代的最重要特征，就是没有男人。她在苏醒后的最初四天里，没有见过一个男人。等到艾AA指给她看街上的男人时，她发现，"他们面容白嫩姣好，长发披肩，身材苗条柔软，仿佛骨头都是香蕉做的，举止是那么优雅轻柔，说话声音随着微风传过来，细软而甜美……在她的时代，这些人在女人中也都属于女人味最浓的那一类"（Ⅲ.92）。这样一个极度女性化的时代居然叫作威慑纪元，程心起初还对此感到不可思议（Ⅲ.93），然而她迅速成为这个时代的最佳代言人。正在为可能毁灭了一个文明的罗辑义愤填膺，要把他绳之以法的人看到了程心，对她寄予厚望："你是拥有那个遥远的世界的人。啊，你真的很好，把那个时代的美都带给我们，你是唯一拥有一个世界的人，也能拯救这个世界，大众对你寄予厚望。"（Ⅲ.94）无端毁灭一个文明和因爱而拥有一个世界，这对比太鲜明了（虽然人们都没有耐心去仔细理解这两个象征究竟意味着什么），这个时代的人当然要选择程心为他们的偶像。

二　生命及其尊严

这个时代的威慑力量从哪里来？除了那个藏在地下

的罗辑之外，只有公元人中的男人，才拥有这个时代深深依赖的那种气质。而程心在苏醒后见到的第一个真正的男人正是维德，这个真正的男人显然比那些女性化的男人更让她不舒服，似乎这是公元世纪噩梦的继续。维德和她见面不是为了叙旧，而是来杀她的，他要竞选执剑人。这个公元男人代表的就是暴力和血腥，以及对他人绝望的欣赏。但这个时代不保护他，也不支持他。他在谋杀失败后，失去了自己的小臂，也失去了参选的资格。

女性的柔美与男性的血腥，在选举执剑人之前，程心不断比较着这两种感觉。连三体世界派驻地球的机器人大使智子，都是一个极为典型的女人，外形和内涵都像汉字的"柔"。"她的女人味太浓了，像一滴浓缩的颜料，如果把她扔到一个大湖中溶化开来，那整个湖都是女人的色彩了。"（Ⅲ.105）而智子也饱含深意地对她说："我们女人在一起，世界就很美好，可我们的世界也很脆弱，我们女人可要爱护这一切啊。"（Ⅲ.107）程心对此的解读或许是，三体世界的代表就是这个女人味十足的智子，她们送来的是和平的诚意，那种剑拔弩张的威慑，不仅早已失去了实在的意义，而且是对这个美丽世界的威胁。她没有想到，在智子那如水的温柔外表背后，却藏着深度的坚韧与力量，体现的正是三体人的名言："通过忠实地映射宇宙来隐藏自我。"（Ⅱ.467）智子就像光洁如镜的水滴一样，她的柔美是对地球世界的映射，而不是自己的实际状态。一心寻找新家园，并把地球当作最佳目标的三体世界，对地球的策略从未改变。现在的三体人不仅继续运用自己最简单但也最有力的战略理念，而且充分学到了以柔克刚、借力打力的太极功夫，这两方面的完美结合就是智子，她已经使地球人完全失去了章法。三体人对地球的文化攻击早就开始了，智子见程心只是其中的一个回合，这就如同西子等人面对水滴时感动得泪流满面，而不知他们很快将被气化。

执剑人候选人霍普金斯对这个时代的判断一针见血："这些娘娘腔比我们那时的孩子还天真，看事情只会看表面……现在他们都认为事情在朝好的方向发展，宇宙大同就要到来了，所以威慑越来越不重要，执剑人的手应该稳当一些。"而程心的反应居然是："难道不是吗？"（Ⅲ.108）霍普金斯的语气，反而让程心觉得轻佻。

程心不知不觉中已经被这个时代征服了，虽然她感觉自己"一直无法融入新时代"（Ⅲ.354）。和智子那样极端柔美的女性相比，她感到，不属于这个时代的男人世界是"沉重的现实"。维德因为犯罪而无法参选，执剑人剩下的六个候选人都是公元时代的男人，而且都显得与这个时代格格不入，"公元人阶层中的男性都自觉或不自觉地使自己的外表和人格渐渐女性化，以适应这个女性化社会，但程心眼前的这六个男人都没有这么做，他们都顽固地坚守着自己的男性外表和性格。如果程心前些日子见到这些人，一定会有一种舒适感，但现在她却感到压抑"。在她眼中,"这些男人的眼中没有阳光,很深的城府使他们都把自己掩藏在看不透的面具下。程心感到自己面对着一堵由六块冰冷的岩石构筑的城墙,城墙显露着岁月磨砺的坚硬和粗糙,沉重中透着寒气,后面暗藏杀机"(Ⅲ.107)。这六个男人来劝阻程心竞选执剑人,因为他们相信,如果程心参选,她一定能成功,那不是因为她有多大威慑力,而是因为她适合现在这个社会。霍普金斯指出了公众心目中的理想执剑人:"他们让三体世界害怕,同时却要让人类,也就是现在这些娘儿们和假娘儿们不害怕。"(Ⅲ.108)能够结合这两点的人,既能符合公众的价值观,又能保护他们的安全。但即使最理想的执剑人罗辑也并不完全符合这两条,因为一个让三体世界害怕的人,往往也会让地球人自己害怕,不符合这个时代的价值观。在这两个条件不可兼得的情况下,他们就倾向于自己喜欢的形象,程心便是最好的人选。

程心的表现让六个人的目光更加阴沉,而这种阴沉也让程心更感到寒冷。他们不仅不为这个女性化的社会所喜,甚至也已经不为程心所喜。这次来访不仅未能劝说程心放弃参选,反而推动她真想去做执剑人了。她甚至认为,这六个人城府之深,人格之复杂,远远超过了维德,所以比维德还危险,面具后面可能隐藏着叶文洁或章北海那样的灵魂,让她不寒而栗——她大概从未想过,即使叶文洁和章北海的心灵深度,在这个时代也是非常可贵的。这个时代不理解心灵的深度，把它视为一种危险，他们更喜欢浅浅的快乐，就像智子表现出的那样。一周后，在联合国总部，PDC主席也表达了类似的意思，认为"已有的六位候选人都有太多的不确定因素，他们中的任何人当选，都会被相当一部分公众视为一个巨大的危险和威胁，将引发大面积恐慌，接下来发生的事很难预料"（Ⅲ.109）。

在联合国广场上，一个年轻母亲把婴儿递给程心，她抱着那个孩子，"感觉自己抱着整个世界，这个新世界就如同怀中的婴儿般可爱而脆弱"（Ⅲ.110）。程心圣母般的形象成为这个时代的象征，而她也认为自己与这个新世界的实质感情是母性。她已经别无选择，对婴儿的母亲承诺，她将竞选执剑人。

在程心还不知道执剑人这回事的时候，艾AA就问过她："你会毁灭一个世界以建立这种威慑吗？特别是，如果敌人没有被你的威慑吓住，那你会按动按钮毁灭两个世界吗？"程心的回答是："我怎么可能把自己置于那种位置？"在她看来，"那是对一个人来说最可怕的境地了，比死可怕多了"（Ⅲ.94—95）。等到她同意竞选执剑人并和罗辑交接的时候，程心没有改变想法，更没有准备好把自己放在这个位置，她只是在潜意识中不相信三体人会发动攻击。

她是一个守护者，不是毁灭者；她是一个女人，不是战士，她将用自己的一生守护两个世界的平衡，让来自三体的科技使地球越来越强大，让来自地球的文化使三体越来越文明，直到有一天，有一个声音对她说：放下红色开关，到地面上来吧，世界不再需要黑暗森林威慑，不再需要执剑人了。（Ⅲ.136）

程心的想法，就是这个时代的主流想法，这个时代选择程心做执剑人，其更实质的含义就是，他们沉醉在生活深处，已经忘记了黑暗森林中的生死困局，认为已经不需要执剑人，不需要恐怖的威慑了。罗辑维持的那种平衡与张力，被她完全取消了。没有了威慑的地球，瞬间被三体人攻陷了。

在罗辑将红色开关交给程心的一刹那，三体世界的水滴就发动了攻击，像末日战役时一样，光滑的镜面立即转变为凌厉的攻势，温柔的智子变得寒气逼人。在这一刻，执剑人这种制度的诡异才显现出来，与面壁计划相差无几。执剑人的存在，确实是为了守护和平，而不是毁灭世界，甚至其最终目的也应该是，不再需要执剑人，但那只能是因为地球文明已经与三体世界势均力敌，地球人有足够的力量对抗三体世界。现在之所以需要执剑人，是因为三体世界的科技远远超过地球。三体人之所以还不敢贸然动手，是因为害怕同归于尽，地球文明只能以同归于尽的后果来威慑三体世界。一个敢于毁灭两个世界的执剑人才能吓住三体人，从而维持和平，也就不会毁灭世界。但一个不敢毁灭世界的执剑人无法吓住三体人，也就守护不了和平，只能被迫在毁灭还是放弃之间做出选择。和平来自战略平衡，而不是彼此的善意，这是黑暗森林中赤裸裸的事实。要想在黑暗森林中获得真正的永久和平，只有依靠足够强大的力量——霍布斯的社会契约理论从未诉诸过善意，社会契约也是来自战略平衡。程心把宇宙想象成一个爱的童话，她从根子里就没有理解黑暗森林。

生存是幸福生活的前提，所以地球上的人文主义仍然深刻地依赖于恐怖的执剑人。执剑人越是令人害怕，人文主义的基石就越坚固。只有能让地球人害怕的人，三体人才会害怕。如果地球人选了威慑度高达百分之百的维德，三体人会比罗辑做执剑人的时候更害怕，因而就不会发动攻击，维德将没有机会选择毁灭世界，"和平将继续，我们已经等了六十二年，都不得不继续等下去，也许再等半个世纪或更长。那时，三体世界只能同在实力上已经势均力敌的地球文明战斗，或妥协"（Ⅲ.146）。但如果和平在那样的情况下继续，在漫长的和平中，女性化的程度只会加强，维德更会被当成魔鬼，人们会像不感谢罗辑一样，更加不感谢维德。也就是说，执剑人如果成功完成了威慑，他的成功会使这个社会更不喜欢他；执剑人如果失败了，他的失败更会招致一片谩骂。执剑人的命运比面壁者还要诡异。

在三体攻击面前，程心此前做过的准备都变得毫无意义，她真正的心理抉择只有十分钟的时间。她的母性被全部激发出来，她在头脑中卷过地球上长达三十五亿年的壮丽历程，然后把红色开关扔了出去。"这个决断不是用思想做出的，而是深藏在她的基因中，这基因可以一直追溯到四十亿年前，决断在那时已经做出，在后来几十亿年的沧海桑田中被不断加强。"（Ⅲ.139—140）显然，程心代表的不只是这个时代的特点，而是与地球世界共始终的某种特性，这种特性伴随地球生命的产生、演化和成长，更在人类文明的发展中起到了巨大作用。这，就是厚德载物的母性，母性使她不可能在那密密麻麻的眼睛注视之下，把这一切都毁掉。她无法理解生死困局中的残酷，不可能亲手毁灭一个文明。在六十二年前的清晨，罗辑在向墓碑上的蚂蚁道歉时，也曾感受到这种注视。但那短暂的痉挛和痛苦并没有阻止他最后的决战，因为他除此之外，还有另外的力量。威慑的失败不能归咎于母性，而仍要归咎于这个时代，这个仅选择母性的时代。智子说得对："人们选择了你，也就选择了这个结局，全人类里面，就你一个是无辜的。"（Ⅲ.144）

沉浸在生活深处过久的程心骤然发现，她和地球人类反而已经完全失去了深度生活的资格。生命只剩下了最低的维度：要么生，要么死，已经无暇顾及生活的质量。但即便在这种情况下，生命仍有高贵和低贱之分。

在这场生死抉择中，地球人本来有三个选项：第一，与三体世界同时暴露在黑暗森林之中，与之同归于尽，这是最能保全尊严的选项，但无法长期保存生命；第二，在三体人占领的地球上苟活下去，这是完全没有尊严的选项；第三，与三体人顽抗到底，由于完全没有胜利的希望，所以必将死去，却维护了地球人最后的尊严。

第一种可能已经被程心放弃了，大多数人选择了第二种。他们虽然口头上说，"即使广播启动后地球立即毁灭，也比到这鬼地方受罪强"（Ⅲ.151），却很少有人有胆量去选择第三种。人们为抢夺粮食配给而大打出手，甚至为活下来而投降三体人去做治安军，目的都是苟且求生。特别是，地球人都期待着三体第二舰队早日到来："人们牢记着智子的承诺，期望舰队的到来能给这块大陆上的所有人带来安宁舒适的生活，昔日的恶魔变成了拯救天使和唯一的精神支柱，人们祈盼它快些降临。"（Ⅲ.163）四十多亿地球人吃着三体人给出的嗟来之食，在智子脚下匍匐，听任智子践踏他们的文明。在三体人的统治下，他们真的将变成虫子，愿意放弃尊严地活着。但即使这样活着也将是一种奢侈。在人类完成了到澳大利亚的大移民之后，电力设施又被摧毁，人类已经无法生产食物，智子提醒人类，他们周围都是食物，"一个策划已久的灭绝计划已经走到了最后一步"。"这个大陆上将剩下三千万至五千万人，这些最后的胜利者将在保留地开始文明自由的生活。地球文明之火不会熄灭，但也只能维持一个火苗，像陵墓中的长明灯。"（Ⅲ.170）"人类作为一个概念即将消失。"（Ⅲ.174）人类文明将死去，留下的不过是博物馆中的遗迹和墓地，剩下的那几千万人，就是这博物馆和墓地的看护者，没有任何生机可言。没有了尊严，生命只剩下赤裸的、薄薄的一层，根本没有任何自我保存的力量，很快也会被毁灭掉。可见，尊严并不是生命之外的另一种存在，而就是生命得以维系的力量。而在无论如何都是死的情况下，尊严能给人带来生命吗？

第三种选择其实与第一种一样，都是有尊严地死去。只是，第一种是静静地等待一种不可知的灭亡，然后瞬间毁灭，没有什么痛苦；第三种却是在毫无希望地抗争中勇敢地死去，身与名俱灭，很可能将不被人记住。虽然地球人大多数都痛恨程心没有帮他们选择第一种，却很少人愿意以第三种方式挣回尊严，最后还是选择了第二项，即毫无尊严地活着，然后可耻地灭亡。

倒是程心原先厌恶的那些男人，毅然选择了这第三个选项。那个因谋杀罪而服刑的维德，在全人类都已不抱什么希望的时候，却仍然没有放弃。"虽然在服刑，还是在这样艰苦的地方，他反而变得比她上次看到他时整洁了许多，他的胡子刮得很干净，头发梳得整齐有形。这个时代的犯人已经不穿囚服了，但他的白衬衣是这里最干净的，甚至比那三个狱警都干净。"（Ⅲ.153—154）和以前一样，维德总是在毫无希望的地方维持着巨大的精神力量。

那六位执剑人候选人，而今没有像程心预想的那样，有什么不可告人的阴谋，而是全部成为地球抵抗运动的指挥官，包括霍普金斯在内的三人都在战斗中牺牲。

> 地球抵抗运动是人类在这场烈火中炼出的真金……所有抵抗运动的成员都知道他们在进行的是一场毫无希望的战斗，将来三体舰队到达地球之日，也就是他们全军覆灭之时。这些在深山和城市的下水道中衣衫褴褛饥肠辘辘的战士，是在为人类最后的尊严而战，他们的存在，是人类这段不堪回首的历史中唯一的亮色。（Ⅲ.165）

而罗辑也始终与抵抗战士们在一起。在他将开关交给程心后，国际法庭要以世界灭绝罪拘押他，罗辑对他们根本不屑一顾。随着三体危机再次到来，这么荒唐的案件一定早就不了了之。继面壁者和执剑人的身份之后，罗辑现在成为抵抗运动的精神领袖，连智子都找不到他的行踪。地球抵抗运动和维德一样，都在坚持着一种看似毫无希望的信念。他们拼死维持的，就是史强所谓的虫子的尊严。他们和所有其他人类一样，也终将会被踩在脚下，但他们知道，没有了尊严的生命不仅毫无价值，而且也根本无法维持。

程心能够理解和接受的，是澳大利亚土著老人弗雷斯，另一个父亲般的男人。弗雷斯没有参加任何抵抗三体的运动，甚至还因为程心而得到了智子的特别关照，但他仍然以自己的方式保持着生命的尊严。弗雷斯的民族已经遭到白人的灭绝，他对于眼前非常类似的种族灭绝，并没有表现出什么强烈的愤怒和仇恨，只是淡然处之，轻轻地对程心和艾AA说："孩子，人做过的，神都记得。"（Ⅲ.152）

维德的不放弃、地球抵抗运动的坚持、弗雷斯老人的淡然，都是程心所不具备的东西，是地球生命的自强不息之力。其希望不是来自确定的结果，其尊严不是来自崇高的地位，其信念也不是童话中的天堂。这一切都是生命本身的应有之义。在三体大军的逼迫下，地球人的生命已经只剩下低维的存在，但即使这低维的存在，也必须靠尊严维持。

本来，程心代表的，是生命深处的爱，但她为人们带来的，却是生命最表层的挣扎；维德等男人代表的，是生命低维的力，但在最后的危机中，却呈现出生命最深处的尊严与高贵。这骤然的换位正表明，表层的生命维持与深层的美好生活，并不是截然分开的两个层面，二者本就是二而一的整体。程心与维德的人物形象，虽然看上去有些单调，但各自都包含了相当丰富的层面。

三　面对生命的毁灭

等到宇宙广播终于发布，三体人又一次放弃了对地球的入侵，人类从澳大利亚回到了各自的家，暂时的危机再次解除了，但高悬在两个世界上面的达摩克里斯之剑已经落下。人们在重获自由的同时，也呼吸到了黑暗森林中的肃杀之气，毁灭只是时间问题了。不久之后，地球人观测到了三体星系的毁灭，智子向公众宣布这件事时，"显示出面对毁灭时人类无法企及的高贵和尊严。面对这个母星世界已经毁灭的文明，所有人都感到从未有过的敬畏"（Ⅲ.219）。人类真正进入了一个全新的时代：广播纪元以及最后的掩体纪元。这两个纪元的核心主题是一个：人类将如何面对太阳系的最终灭绝。这是理解生命的最后一层但也是极为重要的含义。

如何克服死亡以追求不朽，这是古今东西哲学中永恒的问题，西方的柏拉图、奥古斯丁、海德格尔，东方的孔子、庄子、佛陀、张横渠，历代哲学家做了令人敬佩的努力。但此前的思考，大多由个体的死亡来看待生命的意义，人们面对个体死亡的努力，常常是以整体的永恒或灵魂的不灭为背景。西方思想中的"不朽"概念，有着更实质的含义，来自永恒的存在。从柏拉图的《斐多》[1]到基督教，都是在相当实质的意义上理解灵魂不朽的，即灵魂是一种不会消失的存在。这一观念使人们有更大的勇气面对身体的死亡。相对而言，中国思想中的严肃思考没有灵魂不朽这个假设，而是以气之聚散看

---

〔1〕 参考吴飞，《〈斐多〉中的存在与生命》，《哲学研究》，2019年第1期。

待生死。《左传》中著名的立德、立功、立言"三不朽"[1]都是在比喻意义上说的，但其前提是，一定要有人存在，历史要延续，这三不朽才会有意义。如果人类会灭亡，历史会终结，"留取丹心照汗青"也就失去了着落。

基督教由于有末世论的说法，很早就把人类灭亡的问题抛了出来。不过，宗教意义上的灭世，仍然是以灵魂不朽论和上帝论为其基本背景的，即，总要有什么比个体生命更大的东西是永远不朽的，才可以给人以勇气，去面对死亡。罗马帝国灭亡所带来的震撼，使西方人第一次面对一个文明的倾覆，奥古斯丁的两城说，便是对这次灭亡事件的回应。奥古斯丁曾就萨共庭被迦太基毁灭一事提出过一个中层问题：城邦的灭亡和个人不同，个人死亡后可能还有灵魂存在，但城邦被灭了就是永远灭了。(《上帝之城》，3:20）后来，西方历史上又发生过几次国家或文明灭亡的事，但天国的概念给了人们最大的精神力量。

倒是在中国的历史哲学中，朝代的更迭和异族的入侵使人们不断面对人类群体的灭亡，因而有了顾亭林对"亡国"与"亡天下"的著名区分。中国文明经过蒙古、满洲等民族的征服而仍得延续，与希腊罗马文明经过日耳曼的洗劫仍能存在，是类似的现象。如果三体人真的

---

[1]《左传·襄公二十四年》："'太上有立德，其次有立功，其次有立言'，虽久不废，此之谓不朽。"

占领了地球，我们是否可以推测，他们会像地球历史上的蛮族那样，最终被地球文化所同化，还是像白人对澳大利亚与印第安土著那样进行种族灭绝？从智子对待澳大利亚保留地的态度看，大概是介于两者之间的。而在宇宙广播发出之后，这种模糊性也消失了。太阳系面对的，将是最彻底的生命灭绝，以人类历史上任何一种灭绝来类比都不合适，甚至以恐龙灭绝来类比都不合适。

在核武器发明之后，人类就已经越来越意识到，不仅个体的死亡是个必须认真对待的问题，人类作为整体，也不一定是永存的。人类的整体灭亡，而不是某个族群、某种文化的灭绝，已经成为一个需要严肃思考的问题。正如宇宙范围的黑暗森林理论既是自然状态的扩大，也与之有相当重大的区别；人类作为一个整体的存亡，与个体的生死、国家的存亡，都既有内在关联，也有很大不同。刘慈欣在《镜子》《流浪地球》《朝闻道》《人和吞食者》等小说中，从不同角度思考过地球毁灭的各种可能性，《三体》更是对这个问题极为严肃的审视。早在《三体》第一部的末尾，叶文洁已经看到了"人类的落日"（Ⅰ.299）；在第二部，经过大低谷之后的人类，对将来的可能毁灭有了深入的思考，认为没有必要为了末日之战而过度损害当前的生活，"给岁月以文明，给时光以生命"（Ⅱ.336）。

由放弃威慑到选择播报，人类回到了被程心放弃的那个选项：有尊严地活到灭亡。"两艘飞船和抵抗战士成为人类伟大精神的象征，而无数的崇拜者在不知不觉之间感觉自己也一直拥有这种精神。"（Ⅲ.212）对英雄精神近乎宗教性的崇拜，在后来的历史中将是人们巨大的精神支撑。"所有人都开始一心一意地享受生活。"（Ⅲ.212）

但这并不意味着人们真的能心安理得地面对即将到来的毁灭，各个层面上的人首先想到的，还是找到躲避打击的方式。骤然兴起的宗教狂热，表明的是死亡面前的巨大恐惧："在死亡的威胁与生存的诱惑面前，宗教再一次成为社会生活的中心。"（Ⅲ.227）人们期待像前两次危机一样，奇迹能够再次送来拯救天使。但作为抵抗运动领袖的毕云峰评论说："即使拯救真的出现还有意义吗？人类的尊严已丧失殆尽。"（Ⅲ.228）

在《三体》中，传统宗教，特别是基督教，遭到了毁灭性的打击。这不仅是因为书中字面说的，"在得知三体文明的存在时，基督徒们立刻发现，在伊甸园里没有三体人的位置"（Ⅲ.227）。这种对基督教的打击早在人类思考外星文明之初就出现了，教会也会尽可能通过重新解释《圣经》来自圆其说。但对基督教最实质的打击还是黑暗森林理论，即，宇宙间并没有绝对正义。这取消了任何神义论的基础，如失去了神义论，无论怎样自圆其说，信仰都是空洞的。十九世纪以来的基督教神学中，上帝已经越来越不被理解为一个外在的崇拜对象，神学家们更强调其与尘世生活的格格不入。《三体》第一部中的伊文斯就是这一思潮的典型代表，他并不在乎三体世界本身，而是对人类之恶深恶痛绝，但他是最早被淘汰的人物。如果宇宙中没有正义可言，连宇宙规律都是在相互的杀戮中改造而成的，整体的不朽和精神上的不朽都没有任何意义，人类还怎么追求不朽？

末日之际重新兴起的各种宗教活动，哪怕是梵蒂冈教皇主持的全球规模的礼拜，根本呈现不出任何精神价值，而只是无助人类的一种侥幸心理。三体人对地球的两次入侵，都是在几近成功的情况下，让人类侥幸逃脱的。"在两次危机到来时，信徒们都进行了虔诚的大规模祈祷，正是这样虔诚的祈祷最终迎来主的拯救，尽管对于究竟来自哪个主存在着不可调和的争论。"（Ⅲ.227）也是在这样的背景下，地球人对程心的态度发生了巨大改变，不再把她当成不合格的执剑人，而当成了伟大的女性来膜拜，"这个来自公元世纪的年轻美丽的女性是先祖派来的爱的使者，是母爱的化身"（Ⅲ.229）。但这并没有使程心感觉好些，反而"断绝了她活下去的最后希望"（Ⅲ.229），因为程心感到，自己"已经成了一个危险的文化符号，对她日益增长的崇拜，将成为已经在迷途中的人们眼前的又一团迷雾"（Ⅲ.230）。人们越是虔诚地投入到宗教崇拜当中，距离伟大的宗教精神就越遥远。

神不会给人传递什么切实的信息，宗教狂热也迅速降温，计划中的太空十字架成了烂尾工程，"只剩下一个'一'字"（Ⅲ.318）。人类的所有有益信息都来自三体世界。智子一开始就给出了最实在但也最残酷的建议："人类绝对无法在打击中幸存。逃亡吧。"（Ⅲ.222）这就是三体世界的命运：行星毁灭，少数人乘坐飞船逃亡。如果智子能有什么更好的办法，技术比地球先进得多的三体世界为什么不采用呢？但人类偏偏不满足于这最后的事实，黑暗森林理论的发现者罗辑想出一个问题：人类有没有可能向宇宙发布安全声明？智子回答有，但不再给任何进一步的提示。但智子还提供了一个更有益的消息，那就是云天明还活着。

云天明和程心，罗辑和庄颜，这两个爱情故事是刘慈欣创造出的终极浪漫，在整部小说的黑暗森林主调之下，是两个唯美的爱情童话。云天明是程心的大学同学，并不像庄颜那样，完全是罗辑想象出来的人物。但云天明和程心之间没有多少交往，彼此并无深入的了解，善良和孤僻，是两个人对彼此相当模糊的印象。身患绝症的云天明用一笔意外之财为程心买了一颗恒星，程心却为云天明安排了打入三体世界内部这个不可思议的任务。云天明的大脑消失在茫茫太空中，但他和程心这个离奇的爱情故事，却使程心成为新时代的圣母，女性化世界的代言人。

自从程心得知云天明为她买星星的事情后，云天明也成为她的精神所系。这个很难有机会幸存下来的大脑现在居然有了消息，而且约定和程心会面，这和罗辑的梦中情人化身为真实的庄颜颇有异曲同工之处。程心是爱的化身，现在，在人类命运的又一个关键时刻，爱的意义再次显现出来。

云天明究竟是如何被三体发现，以及在三体世界中究竟处在什么位置，他"仍在为人类的利益而工作吗"？（Ⅲ.233）作者似乎有意提出了这几个问题，但又没有给出答案。云天明在被送往太空的时候就拒绝发誓，而是说："我不认可自己对人类的责任。至于是否对人类忠诚，要取决于我看到的三体文明是什么样子。"（Ⅲ.70）拒绝对全人类负责，这个态度与最初的罗辑一模一样。但也和罗辑一样，云天明心中有一个伟大的爱情，由对程心的爱而推出对人类的责任，这或许是他向程心传递情报的一个原因。

一个饶有趣味的问题是，既然三体人只截获了云天明的大脑，他们在给他恢复身体的时候，为什么没有给他三体人那种镜面身体？既然云天明学会了三体语言，又用它来创作童话书，那是否也会直接以身体镜面来表达他的童话故事呢？给云天明做脑切除手术的主刀医生说："大脑的每一个细胞都带有这个身体的全部基因信息，他们完全有可能把身体克隆出来，再把大脑移植过去，这样，他又是一个完整的他了。"（Ⅲ.72—73）这大概就是云天明恢复身体的方式，他的大脑已经决定了他不可能拥有三体人那样的身体，因而也不可能和三体女性结婚生子，他仍然保持着地球人的生命和心灵，所以，哪怕在两百多年后，他的内心秘密仍是三体人读不出来的，他和程心的目光交流，仍是只属于他们自己的。

因此，云天明与程心的会面，是人类之爱的一个成果，是人与人之间具体的爱转化为人类之爱的又一个例证。

在最初的对话中，云天明也许确实想直接向程心传递一些有用的信息，但表示警告的黄灯亮了三次，使他们无法继续这样说话，程心也不得不放弃了使命。"一旦放弃了使命，这片容纳他们的几光年直径的太空就成了他们的私密世界。"而今的云天明和程心，与罗浮宫中的罗辑与庄颜一样，"根本不需要语言，他们用目光就能倾诉一切"（Ⅲ.248）。但云天明并没有放弃，开始实施他应该是准备已久的另一方案，讲起了据说是程心编的三个童话故事《王国的新画师》[1]《饕餮海》《深水王子》。程心一直生活在童话当中，还是童话最适合她。云天明把破解黑暗森林的技术密码隐藏在三个童话故事中，也把带着程心遨游宇宙的希望和未来的约定隐藏其中。确切地说，他是把人类文明生存下去的希望，藏在了对程心的爱当中，就像罗辑拯救人类的钥匙，就藏在他和庄颜的童话般爱情中一样。

而罗辑能够最终悟出黑暗森林的道理，在于他从深度生活上升到了表面，将生活成功地化为低维的点。因

---

[1] 这个童话的题目在书中以"国王的新画师"三次出现（Ⅲ.249—250），另一次是"王国的新画师"（Ⅲ.256）。虽然前者出现了三次，但从内容看，"王国的新画师"应该是正确的。

而，从三个童话中解读出有用的信息，其实质同样是从深度生活中浮上来，以应对宇宙生活之真实处境。这需要的不仅是丰富的知识和天才的联想，更有对黑暗森林本质以及生命本质的理解。罗辑已经为人们揭开了黑暗森林的实质，现在面对的，却是更高层的问题：不知来自何方的黑暗打击可能以什么方式出现，如何来应对？大家都清楚地意识到，在云天明的故事中，针眼画师的画是一个关键："这个情节构成了三个故事的基础，从它所显现出来的典雅的冷酷、精致的残忍和唯美的死亡来看，可能暗示着一个生死攸关的巨大秘密。"（Ⅲ.315）在最早破解这个童话时，就有人想到，"这个情节有空间维度的隐喻，画纸与现实是两个不同维度的空间"（Ⅲ.290）。这个猜测距离最后的事实只是一步之遥，然而人们却迟迟未能推进一步。之所以未能推进这一步，并不仅仅是因为没有看出降维的问题，而是即使知道了降维打击，也没有能力抵御。但是，虽然这个关键情报的破解缺失，童话中其他的情报也已经指向了光速飞船，如果人们集中精力研制光速飞船，最终还是有可能逃离降维打击并以黑域发出安全声明。当国际社会制定出光速飞船和黑域两个计划，他们距离最后的胜利已经非常接近了。但地球社会全力推进的，却是掩体计划，唯一一个与云天明情报毫无关系的计划，最终也将证明毫无意义的计划。人类文明，将葬送在程心爱的傲慢当中。

四 人性与兽性

在地球文明的生死关头，维德的一句话道出了问题的实质："失去人性，失去很多；失去兽性，失去一切。"（Ⅲ.382）维德一向惜字如金，这句话已经说出了很多东西。人性，就是程心所代表的生活深处的爱。兽性，就是维德所代表的黑暗森林中争取生存的力量，凡是生命都具有的生命力。只有兽性，无法成就人的生活，人性使人与禽兽的生活不同；但若没有了这种本能的求生之力，也就不可能有人的生活。这种力量看上去是恐怖的，有可能会冲破人类生活的常规秩序，但这种常规秩序就代表了生存死局的边界，只有冲破秩序，才有可能在这希望渺茫的黑暗森林中撕开属于自己的一片天空，从而在更高层面上重建秩序。黑暗之战，就是兽性的回归，虽然无法被地球人原谅，却仍是未来重建星舰秩序的基础。当初章北海意识到，在茫茫太空中，"仅靠生存本身是不能保证生存的，发展是生存的最好保障"（Ⅱ.404—405）。这里说的发展，就是宇宙社会学中的"技术爆炸"。所谓的技术爆炸，并不只是简单的技术上的突破，更包括人类知识和思考方式的全面更新。在小说中，人类有两次获得技术爆炸的机会，第一次是认识到黑暗森林的现实，第二次就是制造光速飞船。罗辑使人类抓住了第一个机会，在当初的危机时代，没有人能看到胜利的希望，只有面壁计划这样一个非常规的方式，才从人类的内心深处找到了认识黑暗森林、利用黑暗森林的力量，从而对太阳系在整个宇宙中的处境有了全新的认识，并对三体世界构成了有力的威慑，在两大文明之间建立了威慑平衡。章北海也是靠冲破既有的秩序，在星舰地球上重建秩序，才能在程心失败后有了再次选择的机会，也才能够在银河系留下人类的足迹。

广播之后的状况与当时非常相似，人类再次陷入生存死局。常规的防御思路没有让人类生存下来的把握，需要一个非常规的力量，才可能有新的生机。这个非常规力量，肯定不是那些宗教崇拜者期盼的神迹。维德主持下的星环集团所做的，与当初罗辑和章北海是类似的。章北海说过："星舰地球需要活跃的新思想和创造力，这只有通过建立一个充分尊重人性和自由的社会才能做到。"（Ⅱ.405）他所谓"活跃的新思想和创造力"，正是罗辑和维德所代表的这种生命之力，也正是星环战士所向往的那种自由。不过，自由民主制度是不是最能"尊重人性和自由的社会"，现在却成为一个问题。从危机时代到掩体时代，民间社会在发出各种各样的声音，表达各种各样的意见。从联合国到太阳系联邦，始终忠实地遵从他们的意见，但在每一个关键时刻，这些力量都没能激发出新思想和创造力，反而起到了完全相反的作用。只有在面壁计划中，罗辑成功运用了民众对他的忽视与冷漠，瞒过了智子的眼睛，但那并不是自由社会主动追求的目的。在面壁计划之后，人类就没有那么幸运了。

现在的程心，是民众选出来的执剑人，从澳大利亚回来后，又不断得到民众的膜拜，她虽然并不喜欢这种膜拜，却早已成为这个人文社会精神的化身。当程心以爱的名义命令维德向政府投降的时候，她和联邦政府都不是在鼓励新思想和创造力。他们口口声声讲的爱与民意，已经成为扼杀生命力的暴政。

自由是什么？无论给自由多少定义，它都要依赖于生命的存在，其实质就是蓬勃的生命力。自由意志之所以值得珍视，是因为它可以最大程度地促进生命力的发扬。专制制度之所以"是人类发展的最大障碍"（Ⅱ.405），是因为它会扼杀这种生命力。尊重民意的自由政府，只有在能够最大程度地激发人们的生命力，让人们不仅能够最好地完成自我保存，而且可以获得尽可能好的生存方式的时候，才是真正意义上的"自由政治"。大低谷结束之后的人文主义，确实在一定程度上解决了这个问题，使人们尽可能有尊严地活着。而在现在的生死困局中，自由政治的职责，便是再次带来技术爆炸，因为没有技术爆炸，人类不可能得救。但自由政府中出现了一个极为诡异的悖论：由于人们都可以表达其自由意志，众多人的自由意志却锁住了最理性的意志，牢牢地封住了生命力的发扬，结果，自由政府反而成为生命自由的最大障碍。人类社会先是以自由选举的方式结束了强有力的威慑，继而以秩序和平等的名义禁止了光速飞船的研究，又要以安全和爱的名义瓦解星环集团的研究计划。在这样的体制之下，怎么可能发生技术爆炸？怎么可能在黑暗森林中生存下来？

由社会契约建立起来的自由政府，就是众多自由意志的总和，这是霍布斯走出自然状态的方案。但霍布斯的前提是，本来每个人都有自我保存的能力，只是因为自然状态无法使所有人得到自我保存，所以大家必须将这种权利交给第三方来代行，第三方不会提升人们的生命力，只会保护人们的安全。后来经过洛克、卢梭等人发展的社会契约论，虽然对自由、权利、公意、契约等概念赋予了更多的含义，也并未超出这个基本的思路。而在地球文明面对共同危机的时候，这种公意不再成为有力的自我保存手段，因为现在人们都不具备自我保存的能力，公意的讨论不会找到大家都能接受的新方法，反而由于对平等的看重而相互掣肘、裹足不前，把稍微超出常规一点的冒险都扼杀掉。把这么重大的事情付诸公意，便是把它抛到了思想的黑暗森林，枪打出头鸟成为必然的结果。

对光速飞船计划的否定，就是一个最明显的例子。起初，程心和艾AA都更喜欢光速飞船，"因为只有在这个选择中，人是大写的"（Ⅲ.342），但这个方案因为它可能带来的不平等，而被国际社会否定。林格-斐兹罗观测站发现，三体光速飞船留下了航迹，并进而研究出，曲率驱动的光速飞船加速和减速都会留下航迹。这个观测导致了几个方面的后果。首先，当他们以非常规手段报告这一发现时，国际社会误以为是光粒打击报警，在争相逃离的争执中发生了大混乱，导致一万多人的死亡。由此暴露了逃亡方案的一个致命问题，"一个人类历史上最大的不平等，在死亡面前的不平等"，"这种现象直接导致了国际社会对光速飞船计划的质疑"（Ⅲ.330）。亲眼看到争相逃命的惨状的程心说："我与几十亿人在一起，不管发生什么事情，如果同时发生在几十亿人身上，那就不再可怕。"（Ⅲ.328—329）心怀天下的大爱不可能超出公意之外，艾AA已经预感到她将再次遇到比死更可怕的事情，因为程心沉在几十亿人的生活深处，很难浮上来，去寻找那个大写的人了。当观测站的真实结果披露后，对光速飞船的质疑更大了，因为这会造成"曲率驱动航迹提前暴露地球文明的存在，或者提升太阳系在宇宙观察者眼中的危险值，招致更快到来的黑暗森林打击"（Ⅲ.337）。舰队国际和联合国全面禁止光速飞船的研制，只有黑域计划和掩体计划仍在进行中。

这时，维德再次接近程心，告诉她："你知道什么是对的，也有勇气和责任心去做，这很了不起。但是，你没有完成这种事情的能力和精神力量。"他让程心把自己的公司、财富、权力、地位给他，"我用这些去造光速飞船，为了你的理想，为了大写的人"（Ⅲ.342）。程心答应了，但附加了一个条件："当这个事业可能危害人类的生命时，必须唤醒我，我将拥有最终的决定权，并可以收回赋予你的一切权力。"（Ⅲ.345）维德经过一番犹豫之后，接受了这个条件。维德和艾AA都清楚，唤醒程心对她未必是好事，"你本来能救自己的，可还是没救成啊"（Ⅲ.346）。建造光速飞船，就像当年的面壁计划一样，是巨大的冒险，谁都不知道会有怎样的结果。此时的程心应该清楚，光速飞船计划与她看重的几十亿人的公意是有冲突的，但她并不明白，这意味着什么。

在这个新的面壁计划里，维德已经不可能像罗辑那样单枪匹马拯救地球。他只能靠庞大的星环集团提供的丰厚财力，制造光速飞船。联邦政府之外，这个唯一的太空科学城所从事的事业，已经成为公开的秘密，因而在联邦政府和星环集团之间，也进行了长期猫捉老鼠的博弈。等到技术已经成熟，星环集团确定他们在五十年内就能够造出曲率驱动的光速飞船，因而需要大量技术层面的研制试验工作，他们就向联邦政府摊牌，"以取得能够进行这些工作的环境"（Ⅲ.379）。维德向联邦政府摊牌，就如同罗辑向世界公布了黑暗森林理论。在罗辑那个时代，除了史强，没有人能够理解他，所以他也不敢真正公布这件事；但在掩体纪元，很多尖端科学家都清楚维德工作的意义，"星环城成为向往光速宇宙飞行的科学家心中的圣地，吸引了大批优秀的学者，即使联邦体制内的科学家，明里暗里也与星环集团有着大量的合作"（Ⅲ.375）。

就在星环集团与联邦政府相持不下的时候，程心被唤醒了。她发现，"这是一个能产生男人的时代"

（Ⅲ.348），她也清楚，维德"精神的核心，就是极端理智带来的极端冷酷和疯狂"（Ⅲ.381）。曹彬、毕云峰也应该早就不是那种令她无法理解的城府很深的男人。从未冬眠的维德已经一百一十岁，毕云峰也已经成为一个老者，而今的他们，就像程心第一次苏醒时见到的罗辑的年龄了，但她自己则基本上没有变化。"面对两个老者，程心感慨万千。他们为共同的理想共同奋斗了六十多年。"（Ⅲ.377）应该说，重现于世的阳刚之力，就体现在他们那永不屈服、永不被击败的身体上。

手持原始步枪，但背着反物质子弹的战士说："我们是在为自由而战！为成为宇宙中的自由人而战！我们与古代那些为自由而战的人没什么区别，我们会战斗到底！"（Ⅲ.381）这正是对程心那个关于"大写的人"的理想的宣示，他们要靠生命的力量，去追寻那亿万个美妙的自由世界，却遇到了自由政府的限制。维德和他的团队，希望程心成为他们的史强。人类的命运，再次落在了程心的肩上。

然而，程心无论已经多么了解维德，一看到他手中的反物质子弹，就已经做出了决定。她在这伟大的力量面前还是只有恐惧，她再次将自己当成了圣母，把已经渐渐成熟的人类抱在了自己的怀中，义无反顾地从他手里拿走了生的唯一希望。维德以关于人性与兽性的那十六个字做了简短的申辩，清楚地告诉她，人性的生活是靠兽性之力获得和保护的，不靠兽性挣得生命，又怎么去享受爱的秩序？

但维德的努力是徒劳的，他毕竟不是面壁者，他没有被赋予随意行事的权力，却给自己套上了诺言的枷锁。爱再次成为最后的胜利者，维德第一次屈服了，然后被联邦政府处死。程心知道自己将再次受到膜拜，于是再次冬眠，期待在打击之后醒来，"她也想亲眼看到地球文明在黑暗森林打击后继续生存和繁荣，那是她的心灵得以安宁的唯一希望"（Ⅲ.386）。

然而，再次醒来的时候，她并没有看到生存与繁荣，更没有获得心灵的希望，而是看到了一个小小的无害的二维纸片，正在残酷地吞噬整个太阳系。在这样的降维打击面前，连虫子的生命都无法保存了，"甚至一个细菌一个病毒都不能幸存"（Ⅲ.413）。史强用来鼓励人类的生命尊严，被证明仍然是一种傲慢。人类在最后毁灭之前明白了这个道理："弱小和无知不是生存的障碍，傲慢才是。"（Ⅲ.414）傲慢，是两次末日之战失败的关键原因，但人类却在同一个地方摔倒了两次。

这两次傲慢的主体都是人类。在第一次，只有章北海、丁仪等少数几个人在最后保持着清醒的头脑。罗辑自作多情地认为水滴是来杀他的，这个看似无比傲慢的行为，却来自真正理智的头脑，知道人类在宇宙中的真正位置是什么。在第二次，云天明冒了巨大的风险，清晰而直接地以针眼画师的画来比喻降维打击，暗示地球人制造光速飞船。虽然计划被程心打破了，但星环集团的残余势力仍在偷偷地制造光速飞船，并在成功之后发现，一千艘光速飞船呈放射状起航，就可以降低光速，制造出黑域。人类不仅仍然有可能逃脱这最后的灭亡，而且不会制造过大的不平等。"那时，人类会分成两部分，想飞向星空的和想在黑域中过安乐生活的，前者乘光速飞船离去，为后者留下黑域，各得其所。"（Ⅲ.451）但人类却没有足够的时间这样做，程心耽误了整整三十五年。和第一次不同，这次傲慢的主体虽然也是全人类，但真正应该负责的却只能是程心本人。她曾经为了不敢毁灭人类而扔掉了执剑人的开关，现在却为了保护太空城而毁灭了全人类。当罗辑以审判日火炬般的目光看着她时，程心才最终明白了自己的傲慢，这是比把母亲卖给妓院更可怕的事。

　　一个人因为清醒而拯救了傲慢的人类，另一个人又因为傲慢而熄灭了人类生命的希望。阳刚之力，是生生不息的真正原因所在，它本不知道秩序，而是完全向上和绝对自由的，可以冲破各种各样的限制，朝向各种各样美丽的新世界。阴柔之爱，本身并不能带来生命的绽放，却使生命在秩序中得到足够的休息，获得其存在的形态，得以反思自己、抚慰自己，认识和欣赏生命的美丽，从而积攒更大的力量。罗辑的成功，在于他既能足够长地沉浸在阴柔之爱中，又有足够的胆识去发动那并不确定的生生之力。他的力量得到了爱的滋养和理性的定位，但没有被爱限制住。叶文洁、章北海、维德都有这种力，都敢于冲破既有的秩序，行非常之事，为人类寻找新的希望。而维德，作为这种力量的最终象征，又远远超过了叶文洁和章北海，他拒绝任何阴柔的生活，让世界怕他，不敢信任他，他虽然有足够的力量冲破罗网，却两次被爱的力量击败。程心作为爱的象征，深深沉浸在几十亿人的生活深处，却始终不敢正视黑暗森林中的生存法则，没有冒险的勇气和力量，却一再为世界做出决断。以爱的名义窒息人类的生生之力，这是莫大的悲剧，却也正是人类社会越来越常见的现象。

五　生生不息

像罗辑和章北海那样，在众声喧哗的包围中，还能使用自己的理性，拯救人类，《三体》第二部的结局，实在是相当幸运的意外之喜。众人的意见获得胜利，淹没那少数清醒的头脑，才是更可能发生的现象。程心并没有什么可怪罪的，她只是大众意见的代表而已，她做出的选择，就是人类最有可能做出的选择；她给地球带来的结局，就是现代人类最有可能得到的结局。第三部与第二部形成强烈的反差，使人类终于面临最后的灭亡，而不是再次重复第二部中的幸运，这恰恰是刘慈欣最清醒的地方。

在惨烈的降维打击中，整个太阳系毁灭了。从整体的角度谈论生命的尊严，总是不确切的。毕云峰早就认为，人类的尊严已经丧失殆尽。在末日的灾难中，疯狂逃命的人类上演了一幕幕丑陋的闹剧。但在太阳系的这幅宏大的画卷中，还是有不少人表现出了可敬的尊严。正如后来关一帆所说，降维打击是最高级别的打击，已经表现出了对太阳系的敬意。因降维而形成的那幅巨画，恢宏无比，壮丽无比，不仅巨细靡遗地展现着太阳和各大行星，更将生命细部的每个器官、每个纹路呈现出来。就如一幅巨大的《清明上河图》那样，人类面临灭绝的丑态不可避免地收入画中，但生命各种美好的瞬间也历历在目，其"典雅的冷酷、精致的残忍和唯美的死亡"，远远超过了云天明的童话。最早被二维化的瓦西里和白艾思平静地等待着被巨画吞噬，做出最后的告别："谢谢所有的人，我们曾一同生活在太阳系。"（Ⅲ.414）随着这幅巨画的徐徐展开，人们一个一个地跌入其中，"他们就像落在水面上的一滴滴彩色墨水，瞬间在平面扩展开来，展现出形态各异的二维人体"。"一对情侣拥抱着跌入平面，二维化后的两个人体在平面上平行排列，仍能看出拥抱的样子"，"还有一位母亲，高举着自己还是婴儿的孩子跌入平面，那孩子只比她在三维世界多活了0.1秒，他们的形体也生动地印在这幅巨画上"（Ⅲ.432—433）。木星太空城中有呐喊、惊叫、哭泣、狂笑，但也有人在唱庄严舒缓的圣歌。（Ⅲ.443）

当然，最能体现生命之尊严的，还是罗辑。现在已经二百岁的罗辑当过了面壁者和执剑人，如今成为人类文明的守墓人，完成着当年发端于联合国秘书长萨伊的人类纪念计划，将人类历史上的伟大艺术品藏在冥王星上，期待能够留下一点痕迹。降维打击开始后，那里的工作人员早已逃之夭夭（殊不知，只有跟着罗辑，才有可能坐上光速飞船逃跑），只剩下罗辑孤独地守护着一件件价值连城的珍品。这最后时刻的罗辑，"其实就是四个世纪前成为面壁者之前的那个罗辑，那时的玩世不恭也像从冬眠中苏醒了，被岁月冲淡了一些，由更多的超然所填补"（Ⅲ.421）。在整理那些文物珍品时，罗辑才发现了《蒙娜丽莎》，"抚摸着古老的画框，喃喃自语：'我不知道你在这儿，知道的话我会常来看你的。'"（Ⅲ.428）和庄颜在一起的日子，是罗辑一生最美的回忆，也是他最后的安慰。一百多年来，庄颜和孩子到哪里去了，我们不知道，这也许是作者有意的留白。但从罗辑这平静的语气看，他们之间大概没有什么争执，她们应该是在什么地方平静地活着或已死去。

罗辑手握唯一的光速飞船"星环"号的最高权限，他把程心与艾AA送上了飞船，教给她们飞船的加速方法，却不肯和她们同行。在对她们最后的交代中，他的视频图像越来越模糊，直至变成黑白，等到影像彻底消失了，他说出了最后的一句话："哦，要进画里了，孩子们，走好。"（Ⅲ.452）罗辑与太阳系文明同时失去了生命，这幅巨画终于完成，罗辑成了这幅画的一个落款。不知道罗辑最后的姿态是怎样的，但一定是平静、自信而充满尊严的。后来关一帆告诉程心，这幅可见的巨画"其实是二维化后三维物质的一种能量释放效应"，"能量释放完成后，一切都不可见了，二维太阳系与三维世界永远失去了联系"（Ⅲ.464）。没有什么生命体会真的不朽，地球文明的守墓人罗辑深知这一点。早在伊甸园中的时候，罗辑就对庄颜说过："什么都有结束的那一天，太阳和宇宙都有死的那一天，为什么独有人类认为自己应该永生不灭呢？"（Ⅱ.180）罗辑出场，就是在一片墓地当中；他完成那伟大的对决，也是在这片墓地；作为执剑人长期置身的威慑控制中心，也是如坟墓一般简洁；而他最后所在的冥王星，本身就以罗马神话中的冥王命名；他所守护的贮藏人类文明记忆的博物馆，更是修建成一个墓的形状。罗辑的一生，一直伴随着各种墓的意象，而他，则是小说中最深刻理解了生命的人。理解了死亡的必然和生命的必朽，才可能使生命深处的心灵比宇宙更博大。"生，吾幸事；没，吾宁也。"

程心没有和几十亿人在一起，而是和艾AA成为地球上仅存的两个人，把云天明送给程心的恒星设定为航行目的地，在光速飞船中经过了五十二个小时的飞行，按照地球时间已经过去了286.5年，她们到达了DX3906恒星系的蓝色行星。但她们没有见到云天明，反而见到了当年"万有引力"号上的宇宙学家关一帆。小说余下的部分在残酷地跨越时空和错过命运，展现出作者极度冷静的大手笔。

自称银河系人的关一帆向程心和艾AA系统讲述了黑暗森林更深处的现实和宇宙的演化史。到这时，我们在本书开头描述的那个完整理论图景才最终呈现出来。作者在三部小说中设置的诸多伏笔，埋下的若干草蛇灰线，到现在才连在一起，显现出它们的意义。

　　就在关一帆讲述黑暗宇宙的时空全景的同时，他们也在经历不可思议的时空之旅。在短暂的相处中，艾AA已经深深地爱上了关一帆。就在准备去新世界之前，关一帆要去一次灰星，这个恒星系的另外一颗行星。程心坚持要和关一帆去那里，是希望寻找云天明的踪迹，但他们在灰星却发现了死线，内部光速为零的光速航迹。他们急速回到蓝星上空，接到了艾AA的电话，得知云天明已经来了，程心终于获得了希望。但就在他们下降的过程中，死线却扩散了，程心和关一帆陷在了黑域里。等到他们好不容易终于着陆，时间已经过去了18903729个地球年。他们错过了！不仅与云天明失之交臂，而且连艾AA都是很久很久之前的古人了。

　　"时间是最狠的东西。"（Ⅲ.491）在随意跨越千年的世界，没有什么生命能真正不朽。但程心想到了罗辑说过的保存历史最好的方法："把字刻在石头上。"（Ⅲ.425）他们在地层下探测，一连探测了三次，直到地下三十米的地方，终于发现了字迹。时隔一千八百九十多万年的人，居然还能交流对话。他们从字迹上推测，艾AA和云天明在一起，不仅度过了幸福的一生，还可能建立了文明，甚至可能是比地球文明绵延更长的文明，但后来又被抹去了一切痕迹。而现在，程心和关一帆成为这个世界上唯一的一对男女，轮到他们来做亚当夏娃，创造新的文明了。程心与艾AA，各与自己喜欢的男人错过，又可能各自创建一个漫长的文明，在时间面前，命运似乎完全无力，但生命又在顽强地坚持着。

云天明和艾AA给他们留下的，却并不只是几行残破不堪的刻石，还有一个小宇宙，在这个647号宇宙中，程心再次见到了智子，智子说了那句点题的话："宇宙很大，生活更大，我们真的又相会了。"（Ⅲ.498）智子传达了云天明对他们的问候，让他们在这个小宇宙中躲过大宇宙的坍缩，再进入新的大宇宙，看到它的田园时代。关一帆和程心都非常期待那个新宇宙，关一帆"很想看看新宇宙是什么样子，特别是当它还没有被生命和文明篡改扭曲的时候，它一定体现着最高的和谐与美"，程心则"想把人类的一部分记忆带到新宇宙去"（Ⅲ.500）。关一帆探索未知世界的阳刚之力，与程心承载世界的阴柔之爱，至此得到了一个美好的结合，他们在小宇宙中的新生活开始了。

随着时间的流逝，"星环"号和其中承载的人类艺术品应该早已无影无踪，程心开始凭自己的记忆写人类的历史，题为"时间之外的往事"，小说中不断以楷体字出现的评论，就应该出自程心的笔，而心怀宇宙的关一帆却在思考小宇宙和大宇宙的关系。在大宇宙发布的超膜广播中，两个人的事业交汇在一起。大宇宙的广播是由回归运动发布的，号召小宇宙归还拿走的质量，"只把记忆体送往新宇宙"（Ⅲ.507）。宇宙广播以各种语言发布，"这是一个宇宙文明的生死簿"，"如果一个文明的语言能够被列在广播信息中，那只有两种可能：这个文明仍然存在；或者，这个文明存在过，且生存了相当长的时间，它的文化在宇宙中留下了永久的印记"（Ⅲ.506）。他们相继在其中发现了三体和地球文字，这是其文明的尊严甚至不朽的标志。

生命的尊严与不朽，由此有了一个终极的指向，靠的不是宇宙间的终极正义，不是一个超验的神，不是一个永恒的存在，而是生生不息的力量和永不放弃的爱。没有谁保障，善必有善报，恶必有恶报，没有谁保证，人会永远生存下去，对什么的记忆会永不磨灭。黑暗打击无处不在，打击者不一定受到惩罚，被打击者烟消云散。命运并不公平，甚至相爱的人也可能失之交臂，不得不和朋友的爱人厮守一生。但阳刚之力使生命自强不息，阴柔之爱可以厚德载物，靠自强不息和厚德载物，智慧生命能够平静地面对这一切荒谬与错误，可以在绝境中找到新的希望，而宇宙中也总会有一线生机，等待着有心的生命。生命在周而复始，生生不息，这是平静的超越，是永不停歇的力量。时间再狠，胜利也是属于生命的，大自然的力量终究还是生命的力量。正是因为有这些力量，那些为人类文明的延续而逝去的生命都可以安息，哪怕他们中大部分人的名字会被忘记，他们的立德、立功、立言，仍然在这生命的延续当中实现，这便是他们的不朽。

在《时间之外的往事》的最后一段节选中，程心回忆了她的一生，觉得那"就是在攀登一道责任的阶梯"（Ⅲ.508），这责任，便是程心对爱的终极理解，从个人的责任，家庭的责任，到国家的责任，世界的责任，乃至宇宙的责任，"我的经历其实是一个文明的历程。现在我知道，每个文明的历程都是这样：从一个狭小的摇篮世界中觉醒，蹒跚地走出去，飞起来，越飞越快，越飞越远，最后与宇宙的命运融为一体"（Ⅲ.509）。在与三体人对决之后，罗辑说过一句话："只要换个思考方式，我们都能活下来。"（Ⅱ.467）换一种怎样的思考方式？书中始终没有明说，但现在程心给出了答案。

威慑和契约，都不能使阳光照进黑暗森林。真正使地球上充满阳光的，并不是社会契约，罗辑说："人类共同的物种、相近的文化、同处一个相互依存的生态圈、近在咫尺的距离，在这样的环境下，猜疑链只能延伸一至两层就会被交流所消解。"（Ⅱ.444）人类曾在类似霍布斯设想的自然状态之下生存了千万年，不仅仅是国家与种族之间，即使在家族之间、部落之间、村镇之间，都长期地相争相杀，但后来不是靠社会契约走出黑暗森林的，而是在漫长的战争和交往中，彼此都不再是没有厚度的点，有了越来越多的深层了解，也就有了更多的共同利益和自愿的相互责任，而渐渐结合成国家，结合成国际社会，才形成了现在这种命运共同体。自然状态的理论设想非常深刻和残酷，但社会契约并未在根本上解决问题，我们所知道的人类交往，也往往不是按照契约模式达成的。《三体》中的黑暗森林理论，比霍布斯更加残酷，以至于社会契约不仅根本不起任何作用，甚至还常常成为人类一厢情愿、自蔽眼睛的幻梦。但在世界毁灭的余烬中，我们还是可以看到另外的交往方式：三体人虽然长达二百年与地球人为敌，但两个世界毕竟有相当深刻的文化交流和彼此影响。在坐标终于被广播后，敌意虽仍然存在，但两个世界还是通过智子建立了合作，特别是在两个世界都被毁灭后，小宇宙已经成为两个人类和一个机器人的共同家园。至少在太阳系人、银河系人和三体人之间，宇宙不再是黑暗森林，因为他们之间已经有了类似于原来地球人之间那种文化、生态圈和距离的关联。再扩大一步，"在新宇宙中，旧宇宙的移民几乎属于同一个种族了，应该可以共建一个世界"（Ⅲ.503）。这些来自不同星球的移民，也已经有了许多共同之处，可以为开启新的大宇宙而共同努力，他们之间，当然也不再是黑暗森林。这个过程比地球上复杂很多，漫长很多，却是同一道理的延伸。

在小说的结尾处，关一帆、程心和智子拆掉了小宇宙，回归大宇宙，怀着并不确定的希望，等待宇宙的重启，生命的再次开始。这个多维的新宇宙是否最终会被彻底照亮，虽然还不得而知，但在决定将小宇宙的质量归还给大宇宙的时候，程心应该没有犯第三次错，甚至在关一帆看来，她前面两次都不算犯错："人类世界选择了你，就是选择用爱来对待生命和一切，尽管要付出巨大的代价。"（Ⅲ.485—486）这是一个漫长而残酷的过程，可能要在长期的敌对和血腥的杀戮之后，文明之间才能逐渐交流和理解，形成一个命运共同体，建立更大范围的责任。程心之所以一再犯错误，是因为她用爱代替了一切；爱不是一切，但在所有这些仇恨与战争都发生之后，爱和责任仍然是生命最终的依赖。爱的层次和宇宙一样大，生命就会比宇宙更大，终将照亮黑暗森林，与宇宙融为一体，把它看作共同的家园，迎回它的田园时代。"对于智慧文明来说，它们最后总变得和自己的思想一样大。"（Ⅲ.509）生命在宇宙中不朽，宇宙因智慧而再生。宇宙的最终归宿，仍是生生不息。

己亥孟春
于仰昆室